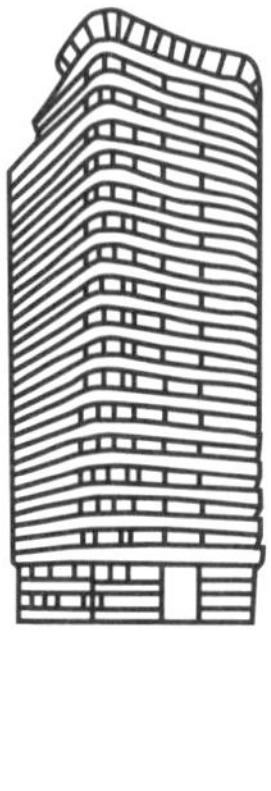

Les Avrils
Groupe Delcourt
8, rue Léon-Jouhaux
75010 Paris
lesavrils@editions-delcourt.fr

www.lesavrils.fr

Moïse de Casa

Driss C.
Jaydane

Les Avrils

À ma mère, qui m'a sauvé du froid.

Quelque chose a eu lieu dont j'ignore tout et je voudrais écrire ce livre pour dire cette chose, pour que l'événement qui m'a une première fois aveuglé dans la vie revienne une seconde fois m'éblouir sur la page. Je ne sais pas si je parviendrai à mes fins.

Christian Bobin, *L'Épuisement*

Cette fois, c'était lui. Le plus haut des immeubles blancs de toute la ville. Tellement haut qu'on aurait dit qu'il tournait sur lui-même. À force de le regarder, j'ai eu le vertige. J'ai baissé la tête, foncé en avant et poussé la porte la plus lourde de ma vie. À l'intérieur, c'était grand et gris. Il faisait froid. Un vieux monsieur avec une veste rouge s'est levé de sa chaise doucement. Il portait une casquette noire, un peu comme celle d'un policier, avec écrit dessus *Concierge* en lettres dorées. Il m'a souri et il m'a parlé d'une voix qu'on avait du mal à entendre tellement elle était basse. Il a voulu savoir à quel étage je me rendais. Il a même ajouté que si je voulais, il pouvait m'aider. J'ai souri et il est monté avec moi dans l'ascenseur en bois. Un ascenseur comme dans les films d'il y a très longtemps, avec un bouton en cuivre pour chaque palier. J'ai dit au vieux concierge que j'allais au neuvième. De son doigt très maigre, il a appuyé sur le bouton et, quand il a compris que je n'avais pas peur de continuer seul, il est ressorti de la cage.

Ça a commencé à monter et l'homme a complètement disparu. J'ai eu soudain très chaud dans la tête et dans le ventre. L'ascenseur faisait un bruit inquiétant, à cause du bois ou d'autre chose.

J'ai pensé aux rues, aux trottoirs, à tous les kilomètres que j'avais parcourus à pied depuis que j'avais décidé de marcher, aux gens bizarres et normaux que j'avais rencontrés. Je me suis souvenu de toutes les choses incroyables qui m'étaient arrivées, de toutes celles que j'avais dû faire pour en arriver là.

La première d'entre elles, c'est quand j'avais demandé à Simo, Isma et Zak de marcher avec moi jusqu'à la Montagne de Dieu.

Ce n'était pas la première fois que je leur demandais de me suivre. Le plus souvent, ça n'avait mené nulle part. Ces jours où je pensais que j'avais raté ma vie, tout devenait noir. C'est quelque chose qui fait très peur et parfois, ça me faisait crier des mots que j'oubliais aussitôt. Mais je dois dire qu'Isma, Simo et Zak ont toujours tout fait, tout dit, pour que j'arrête de hurler. Pour Simo, trop crier pouvait faire tomber les amygdales. Pour Isma, on allait m'emmener chez les fous. Zak était loyal mais ne voyait pas trop où je voulais en venir. Les jours où je perdais la tête, à cause de la colère et de la honte que j'avais dans le cœur, ils attendaient patiemment que la tristesse me quitte. J'avoue que ça pouvait prendre un certain temps. Mais quand c'était fini, ils proposaient toujours qu'on aille manger des sandwichs de thon à la sévillane, histoire de se changer les idées.

Un samedi, Simo m'a dit que ce serait plus facile de trouver ce que je cherchais si je leur disais franchement ce que c'était. « Ça nous aiderait beaucoup, tu sais. » Je n'ai pas répondu. Et comme les vrais amis ça n'insiste jamais, on est vite passés à autre chose. Ce samedi après-midi-là, le plus urgent, c'est que je devais convaincre Simo de s'appeler Josué. D'abord, il a refusé. Je me suis dit que c'était encore raté. Simo a tenu à nous expliquer, à Isma, Zak et moi et en prenant un air que je n'ai pas aimé, que son nom, il ne pouvait pas le changer. Parce que non seulement sa mère le maudirait, mais qu'en plus, elle l'enfermerait dans le placard de leur cave qui sert pour les vieilles chaussures, des godasses tellement pourries que les cafards viennent s'y cacher et quelquefois même y pondre leurs petits. Oui, sa mère l'y ferait entrer sans hésiter, dans ce placard rempli d'œufs de cafards ! Et comme si ce n'était pas assez, il faudrait que pas un seul mot ne sorte dc sa bouche. Il serait enfermé, puni, totalement oublié. Comme à chaque fois qu'il fait une bêtise ou pose des questions qu'on ne doit pas poser aux grandes personnes. Par exemple rapporter un trois en calcul mental ou demander à sa mère pourquoi elle crie la nuit.

Isma, Zak et moi, comme toujours, on n'a pas pu s'empêcher d'éclater de rire. Mais ensuite, je ne sais pas pourquoi, on a tenu à s'excuser. Et Simo en a profité pour se lâcher complètement. Oui, incroyable, il a ouvert très grand la bouche pour crier. Mais rien n'est sorti. Ça peut arriver. Il s'est plaint qu'il n'y avait pas que moi qui savais hurler et il s'est mis à parler à toute vitesse pour avouer qu'une fois, sa mère avait juré de ne plus l'aimer. Pire, qu'elle finirait par l'envoyer à Tanger vivre chez son oncle Najib, qui habite seul et dépense tout son argent en bières. La mère de Simo, elle pouvait le laisser des heures entières dans le noir sans prendre de ses nouvelles. La dernière fois, pour ne plus avoir peur, il s'était endormi, tellement endormi qu'il avait gardé la marque de la semelle d'un soulier de son père sur la joue gauche. Et là, je dois dire que j'ai eu une grande idée. Je lui ai dit que le rôle de Josué, c'était le plus important de l'aventure extraordinaire qu'on allait vivre et qu'il regretterait vraiment beaucoup de ne pas l'avoir accepté. Parce qu'une proposition comme ça, ça n'arrivait qu'une fois dans une vie.

Isma, qui ne parle jamais pour rien, a demandé à quoi est-ce qu'il allait servir, ce Josué. Et j'ai été obligé de tout raconter. Josué était tailleur de pierre. C'était son métier de base. Mais après des années de fidélité et de loyauté, c'est lui qui prendrait la place de… Moïse ! Du coup, Isma, Simo et Zak ont demandé en même temps : « Qui va faire Moïse ? » J'ai répondu : « Moi. »

Simo s'est levé d'un coup et il a dit : « C'est bon, je prends Josué. » J'avais gagné. Isma a bien voulu faire Aaron, et Zak, tout le reste des Hébreux. J'étais si heureux que j'ai senti du feu dans mon ventre. J'ai eu envie d'embrasser tout le monde. Puis j'ai pensé d'un coup que ce serait peut-être impossible d'arriver jusque là-bas, jusqu'à la Montagne de Dieu. Mais dans la vie, ce qui compte le plus, c'est le premier miracle. Les autres suivent toujours. J'ai eu raison.

Le jour d'après, quand j'ai présenté mon plan à Yasmine, la fille de la meilleure amie divorcée de maman, elle a planté ses yeux dorés au fond des miens. Quand elle a eu fini de me déstabiliser, elle m'a dit que je ne pourrais pas conduire mon peuple jusqu'au bas d'une montagne, un : sans connaître sa hauteur précisc, deux : sans un véritable entraînement. Elle a pris son air très sérieux, qui la rend encore plus jolie, pour que je ne trouve rien à répondre, et elle a ajouté : « Sinon, je saurai que tu n'es pas Moïse. » Ce qui est sûr, c'est qu'à ce moment-là, j'ai de nouveau senti la chaleur du feu qui chauffe sans brûler. Mais cette fois, elle n'est pas simplement restée dans mon ventre, elle est montée jusqu'à mes oreilles, et je crois que ça s'est vu parce que Yasmine a ri en demandant ce qui m'arrivait.

Là, j'ai pris mon courage à deux mains, j'ai pointé mon index vers elle et j'ai dit :

« Je sais que c'est toi.

– Qui ? elle a demandé.

– Séphora. »

Elle s'est tue mais j'ai bien vu qu'elle était d'accord parce qu'à l'instant de monter dans la voiture verte de sa mère, elle s'est retournée et j'ai remarqué que ses pupilles s'étaient agrandies d'un coup. Et elle a dit : « Entraîne-toi bien, mon petit Moïse. » Mes oreilles, qui commençaient à peine à refroidir, ont bien failli se remettre à chauffer. C'est à cette minute que maman m'a rappelé qu'on allait attaquer les devoirs et ensuite prendre le bain du dimanche.

Comme à chaque fois, elle a lancé : « *Mens sana in corpore sano.* » Maman connaissait tous les proverbes d'avant. J'ai fini par en apprendre quelques-uns par cœur, sans les comprendre, par exemple *Ô tempora, Ô mores*, ou *Nul n'est prophète en son pays.* Quelquefois, maman prenait ses grands airs pour dire qu'elle, elle pouvait se targuer d'être une vraie professeure de français, parce qu'elle avait eu une grand-mère bordelaise et que, par conséquent, la langue de Molière coulait dans ses veines. Du coup, c'est comme si j'avais deux maîtresses. Celle de l'école, mademoiselle Chadli, passait son temps à nous répéter deux choses : la première, c'est qu'un enfant qui ne lisait pas finirait boucher, ou pire, banquier (les bouchers, au moins, ils n'égorgeaient que les moutons). La deuxième, c'est que, que vous le vouliez ou non, les hommes finissent toujours par vous laisser tomber (c'est pour ça que mademoiselle Chadli préférait les filles).

Tout ça pour dire que du lundi au vendredi, je devais rendre mes devoirs à une maîtresse qui hurlait beaucoup sur les garçons, que le samedi était pour moi, et que le dimanche, je devais faire les devoirs de maman, ma maîtresse à la maison, qui disait sur un ton méprisant qu'on n'est pas un homme tant qu'on n'a pas quarante mille mots à son vocabulaire. Après, elle retrouvait sa petite voix douce : « Mais pas n'importe lesquels, mon amour, des expressions, des conjonctions, des adjectifs, des mots justes et beaux. » Et aussi des très longs, comme *circonvolution*. Oui, chaque dimanche, je devais présenter à maman trois nouveaux chapitres du livre qu'elle me laissait seulement deux semaines pour lire. Et le plus dur dans tout ça, c'est qu'il fallait absolument respecter sa méthode. C'était la seule qui marchait. Pourquoi ? Parce que toutes les autres étaient mauvaises. Mais ce dimanche, c'était différent.

La veille, Simo avait accepté de faire Josué, Isma de jouer Aaron et Zak, le reste des Hébreux. Quand j'ai eu terminé ma fiche de lecture, maman a lancé : « Ton bain refroidit ! » C'est sous l'eau encore chaude que j'ai eu ma grande idée. Yasmine avait dit qu'il fallait que je m'entraîne avant de partir pour la Montagne de Dieu. Meriem serait mon peuple hébreu d'échauffement.

Meriem, c'est ma petite sœur. En dehors de maman et moi, les seules choses qui comptent vraiment pour elle, c'est sa jupe en jean et son pull rose avec un gros *M* blanc cousu au milieu. À chaque lessive, c'est le drame. Meriem refuse de quitter notre chambre tant que sa tenue préférée n'est pas sèche. Ça a le chic pour rendre maman totalement folle. Il lui est même arrivé de penser qu'il fallait qu'elle achète des tenues identiques à Meriem si elle voulait que cette bourrique accepte de sortir de la chambre pour aller en classe. Meriem, ce n'est pas seulement la personne la plus têtue au monde. Elle s'inquiète aussi beaucoup pour ma santé. Même si je suis l'aîné, elle me prend dans ses bras quand je suis triste, ces jours où je n'aime pas beaucoup ma vie. Quand je lui ai dit qu'il fallait absolument qu'elle me suive dans le désert et que j'allais la conduire à la Terre Promise, elle l'a fait sans poser de questions.

Je dois dire que les premiers jours, Meriem a fait un très bon peuple hébreu. Elle démarrait à mon signal et quand je criais « Arrête, Ô Israël ! », elle ne bougeait plus. Mais tout ça, c'était trop beau pour durer. Au bout de quelques séances, peut-être à cause de l'ennui, de la soif ou je ne sais pas trop quoi, elle s'est mise à stopper sa marche dans le désert brûlant sans me demander la permission, et aussi à se cacher et quelquefois à disparaître d'un coup, comme ça, sans prévenir. Ça m'obligeait à la chercher, à la forcer à lâcher Dolly, sa poupée blonde, ou Rania, la brune.

Il y a eu des jours où Meriem n'a plus du tout voulu croire que j'étais Moïse, encore moins qu'on allait trouver la Terre Promise. Je me suis demandé si c'était vraiment une bonne idée que ma petite sœur joue mon peuple d'échauffement. Mais à chaque fois, je me suis souvenu que même le vrai Moïse, le Moïsc adulte, avait eu énormément de problèmes avec les Hébreux. Et j'ai compris qu'il me manquait quelque chose d'important, une chose qui m'aiderait à me faire obéir. J'ai beaucoup réfléchi et j'ai trouvé. Ce qu'il me fallait, c'était un long bâton pour conduire mon peuple.

J'ai eu beau le chercher, c'est finalement Meriem qui l'a trouvé. Du premier coup, ça a été le bon. Je ne sais pas comment elle s'est débrouillée, mais je dois dire qu'il était parfait. J'ai frappé deux fois sur le sol pour me faire respecter et quand je l'ai pointé vers le ciel et que j'ai crié « Ô Éternel ! », j'ai eu la chair de poule. Meriem a éclaté de rire. Elle s'est mise à genoux devant moi et je lui ai dit qu'elle était le meilleur peuple hébreu du monde. J'ai serré mon bâton encore plus fort et je me suis rappelé que la sœur du vrai Moïse s'appelait aussi Meriem. En fait, les prophètes avaient tous une sœur qui les cachait dans un panier en osier. Ensuite, leur très belle épouse venait prendre la relève de la sœur et elle les suivait dans le désert.

Quand je me suis souvenu de toutes ces choses que tout le monde raconte, dans les maisons ou dans les vieux films en CinémaScope, j'ai pensé à Yasmine et comment elle avait toute de suite accepté d'être ma Séphora. Mon ventre s'est remis à chauffer et ma tête a suivi. Je me suis dit qu'Isma, Simo et Zak n'avaient peut-être pas encore compris qu'on allait devoir traverser tout Casablanca. C'était sûrement très grand, une ville comme ça, et même immense, avec des milliards de rues et d'immeubles, des milliers d'épiceries, des centaines de garages et d'autres endroits qu'on ne connaissait pas, où je n'avais jamais été, des endroits dangereux, peut-être des caves avec des placards et des cafards, ou des escaliers qui descendent sous terre et ne mènent nulle part, peut-être des raccourcis, des ponts et surtout une foule de gens, oui des centaines de garçons comme on n'en avait jamais vus. Pas des garçons comme moi, pas non plus comme Simo, Zak et Isma. Des normaux et d'autres très bizarres. Tout ça, on aurait à le traverser à pied avant de se mettre à genoux devant la Montagne de Dieu.

Alors, quand la meilleure amie divorcée de maman est revenue nous voir et que Yasmine m'a demandé : « Dis-moi, mon petit Moïse, tu pars quand ? » J'ai répondu : « Quand l'Éternel me le dira. » Yasmine n'a pas insisté. Cette fois-là, c'est moi qui l'ai déstabilisée.

Un soir, maman a recommencé à s'arracher la peau des doigts. Ça voulait dire que le frigo était vide. Et qu'elle allait devoir faire des sourires à Si H'med, l'épicier, pour qu'il la laisse signer sur le carnet de crédit. C'était compliqué parce qu'on n'était même pas à la moitié du mois. Elle allait devoir prendre sa jolie voix, lui parler comme s'il était quelqu'un de très important, un prince ou un roi, je ne sais pas. Maman pencherait un peu la tête, ce qui la rend très jolie, et elle ferait son plus beau sourire à Si H'med, qui ferait semblant d'être très occupé pendant qu'elle le supplierait. Oui, il ferait semblant de ne pas être d'accord pour faire crédit à maman. Il avait déjà dit non, deux ou trois fois. Ça pourrait encore arriver, alors maman ne pourrait pas garder le contrôle sur les choses et les baffes partiraient plus vite que l'argent. Mais comme elle insisterait beaucoup, qu'elle aurait des larmes dans les yeux, il y aurait peut-être une chance pour que Si H'med finisse par accepter qu'elle signe. Et on aurait de quoi manger, Meriem et moi. C'est pour ça que maman se déchirait les doigts. Et qu'elle fumait plus que les autres jours. Parce qu'« on n'est jamais sûr des gens, dans ce pays », c'était les mots de maman. Il n'y avait rien à dire. Et pas grand-chose à faire non plus. C'était comme ça, l'épicier était toujours le plus fort.

Maman nous a préparé des tartines au beurre et au sucre. Pour mettre un peu de joie dans tout ça et se donner du courage, elle a lancé, en faisant sortir la fumée de cigarette de son nez : « Avec un bon verre de lait chaud ! »

Le plus dur avec maman ce n'était pas le carnet de crédit, la comédie qu'elle devait faire aux commerçants tous les débuts de fins de mois, ni les petits déjeuners qu'elle nous servait pour le dîner. Le pire, c'est qu'elle s'était rentré dans la tête que Meriem et moi on savait qu'on était devenus pauvres. C'est pour ça que Meriem aimait tant faire des grimaces et de drôles de têtes, pour lui faire oublier sa tristesse.

Ce soir-là, je dois dire que Meriem s'est vraiment surpassée. Elle a pris un peu de sucre en poudre et elle s'en est mis derrière chaque oreille, comme si c'était un parfum de riche. Elle a pris un air méprisant, et elle a commencé à parler avec le nez, pour imiter les dames qui ont des sacs en crocodile noir brillants et des chauffeurs bronzés qui courent très vite pour leur ouvrir la portière. Maman a ri. Ma tête et mon ventre ont arrêté de chauffer.

En fait, il n'y avait que ça, des fins de mois qui « démarrent toujours en avance », comme disait maman à chaque fois qu'elle racontait ses problèmes à sa meilleure amie divorcée. Elle croyait que je ne l'entendais pas quand sa copine lui proposait de la dépanner avec le peu qu'elle avait. Là, maman lui répétait toujours la même phrase : « Garde ton argent, ma chérie. Toi aussi, tu as des enfants petits. »

Mais ce soir-là, ce n'était pas un soir comme les autres. Le Roi nous avait parlé. D'un coup, il était dans la télévision. Il a commencé par nous fixer droit dans les yeux, puis il a toussé dans sa main et tapé deux fois sur son très beau bureau. À chaque fois qu'il a frappé, mais pas trop fort non plus, on a entendu le bruit que faisait sa belle gourmette en or. Enfin, toujours en nous regardant dans les yeux, le Roi a annoncé que tous les hommes capables et en bonne santé devaient marcher jusqu'au bout du Sahara. Il a ajouté qu'il faudrait surtout se montrer bien élevé. C'est exactement ce qu'il a dit. Lorsqu'il a eu terminé, il s'est levé pour qu'on écoute l'hymne national avec lui. Puis le film qui avait commencé avant le grand discours du Roi a repris normalement. Le plus important dans tout ça, c'est que maman s'est tellement concentrée sur le Roi, elle l'a tellement bien écouté, que je suis sûr qu'elle a arrêté de penser qu'on était devenus pauvres.

À part les filles qui devaient rester à la maison pour préparer les gâteaux secs que les hommes mangeraient à leur retour, tout le monde à l'école voulait marcher jusqu'au Sahara. Même mademoiselle Chadli avait mis une robe verte, du même vert que le drapeau. Quand le directeur est entré dans la classe pour vérifier qu'on se tenait à carreau, elle a pris sa voix aigüe pour dire que nous étions encore trop petits pour marcher aux côtés des Nouveaux Héros de la Nation dans les sables de la Libération. Les Marocains, comme un seul homme, allaient récupérer ce qui était à eux, comme un peuple fier, courageux, qui s'était toujours libéré lui-même, qui avait toujours repris possession de sa terre, qu'importe la puissance de ceux qui la lui avait volée. Un jour, lorsque nous aurions grandi, nous serions comme ces hommes, continuait mademoiselle Chadli. Mais pour le moment, il existait une autre façon, une façon véritablement exemplaire de participer à la Marche Verte, un comportement qui nous vaudrait les honneurs de tous, c'était en ne rendant plus nos devoirs en retard. Là, elle a presque pleuré et on a gardé la tête baissée.

Pendant la récréation, Isma, qui ne parle jamais en même temps que les autres, a tenu à dire que si on voulait vraiment traverser la ville, on ferait bien de se trouver un vrai guide. Au moins les premiers jours. Ça m'a fait mal qu'il dise « un vrai » en parlant de guide. Mais je n'ai rien montré. Simo, lui, n'a rien trouvé de mieux que prendre son air de vieille pour déclarer qu'il savait tout. Que c'était sûr qu'on avait déjà choisi une date de départ sans rien lui dire, que c'était évident qu'on avait tout manigancé dans son dos, et que ça montrait bien qu'il ne comptait pas.

Quand je lui ai expliqué que c'était faux, qu'il se faisait toujours des idées et qu'on avait encore des tas de questions à régler avant le grand départ, il a pris sa voix de gamine qui fait les comptes pour tout et pour rien et il nous a avoué que sa mère n'était pas du genre à laisser traîner son fils (lui, Simo) dans les rues pendant des semaines entières. Il fallait qu'on accepte une fois pour toutes (et surtout moi !) : « Les fils de bonne famille ne quittent jamais leur maison pour aller marcher, parfaitement, traîner, et se lancer dans des aventures étranges avec les enfants des rues. » Lui, justement, c'était un vrai fils de bonne famille.

J'ai compris ce qu'il voulait dire. Qu'une mère comme maman, qu'une petite fille comme Meriem et qu'un garçon comme moi, ça n'était pas assez pour faire une bonne famille. Dans une vraie bonne famille comme les autres, je n'aurais eu aucune raison de partir à la recherche d'une chose que personne ne connaissait.

J'ai eu froid dans le cœur. Ensuite, très chaud partout dans la poitrine. C'est monté jusque dans ma tête. J'ai failli lui lancer au visage ce que je pensais de lui. De sa voix de merde et de sa mère. Surtout que celle-ci connaissait maman, elle disait même qu'elle la respectait beaucoup, parce qu'une femme professeure, c'était rare, et aussi parce qu'elle voyait bien que maman ne faisait entrer aucun homme chez nous. Ce qui faisait que la mère de Simo était horrible, c'est que même si elle savait si bien tout ça, parfois, elle faisait comme si ça ne comptait plus, comme si on n'avait pas tous grandi dans le même quartier et qu'on n'allait pas dans la même école depuis toujours. J'ai eu envie de crier, et de traiter la mère de Simo de grosse hypocrite. Mais j'ai tout gardé à l'intérieur. En fait, Simo, avec son histoire bête et méchante de fils de bonne famille, il n'osait pas avouer qu'il avait peur de marcher avec moi. Je me suis accroché à ça et aussi à l'idée qu'à lui tout seul, il ne pouvait pas penser des choses aussi mauvaises. C'était sûrement sa sadique de mère qui lui avait enfoncé des idées pareilles dans le crâne, celle qui l'enfermait dans un placard qui puait les pieds de son père.

Pour continuer à voir Simo comme un de mes trois meilleurs amis d'enfance, j'ai dû faire un gros effort. Je me suis obligé à croire qu'il ne pensait pas tout ce qu'il avait dit. Ou bien qu'il n'était pas encore vraiment sûr de son rôle. Pour qu'il ne se sente pas exclu du voyage, je l'ai supplié de croire en la promesse de l'Éternel. Et ça a marché parce qu'il s'est un peu calmé. Même s'il a quand même demandé : « Quel Éternel ? » C'est à ce moment qu'Isma a élevé la voix pour redire que si on était vraiment décidés à traverser toute la ville, on ferait bien de se trouver « un vrai guide », au moins pour les trois ou quatre premiers jours.

Il y a eu un long silence où il ne s'est rien passé, pour laisser les choses se faire un peu toutes seules. Et c'était bien parce que c'est justement à cet instant qu'Isma nous a présenté un garçon qui traînait souvent autour de l'école. C'est là que j'ai connu Béretto.

La première chose qu'il a demandée, ce n'est pas de l'argent. Mais pourquoi, d'après nous, il s'appelait Béretto. On s'est tous regardés et franchement on n'a pas été capables de répondre. On était trop impressionnés. Le blanc de ses yeux était moins blanc que le nôtre. En vrai, le sien était jaune. Les bouts de ses coudes étaient pointus et on aurait dit que les os lui sortaient du dos. Mais le plus incroyable, c'est qu'il portait un béret kaki avec une étoile rouge, qu'il a immédiatement montré d'un index qui avait l'air d'avoir été taillé au couteau. Soudain, les yeux de Béretto sont devenus noirs, ses pupilles énormes, je crois qu'il a voulu nous hypnotiser. J'ai eu assez peur, mais je n'ai rien montré. Heureusement que Zak a eu un coup de génie et qu'il a crié : « Ça y est, j'ai trouvé !

Béretto, ça vient de béret ! » Et là, sans se presser, Béretto a retiré son béret kaki et on a découvert qu'au beau milieu de son crâne apparaissait une grosse boule. Et quand je dis grosse, la vérité c'est qu'elle avait la taille d'un œuf. J'ai eu envie de rire. Mais je me suis retenu.

Simo, lui, a tout simplement reculé. Simo, ce n'était pas juste une vieille, avec une mère qui nous détestait. En fait, il était encore moins courageux qu'une fille. Yasmine, qui était devenue ma Séphora, ma belle épouse de prophète, avait dix fois plus de courage que lui ! Conclusion : je n'aurais jamais dû lui proposer de faire Josué. En trois minutes, Béretto avait compris que Simo était un « gracieux ». Tout le monde sait que c'est un synonyme de peureux. Ce n'était pas pour rien si monsieur Salamano, le prof de gym, l'avait surnommé ainsi. Un professeur de gymnastique, ça les reconnaît tout de suite. Surtout parce qu'au foot, les gracieux comme les peureux préfèrent laisser les vrais hommes se faire casser les tibias.

J'ai imaginé qu'à ce moment-là, Béretto a pensé qu'on n'était qu'une bande de gracieux et de peureux. Des peureux avec des os pas assez durs, de pauvres petits gracieux aux blancs d'yeux trop blancs pour faire des hommes. Mais non. Béretto s'est accroupi par terre et il a fait un signe de la main pour qu'on l'imite. Une fois qu'on s'est tous retrouvés dans la même position, il a baissé la tête pour qu'on voie bien son crâne, qui était à la fois blanc et jaune, et un peu bleu aussi. Il a fait un autre geste rien que pour lui. Et comme il devait savoir que j'étais le chef, il m'a demandé de m'approcher et de poser la main sur sa boule. J'ai pris une grande respiration et j'ai posé ma main droite sur la boule de Béretto.

« Qu'est-ce que tu as senti ? il a demandé.

– Ça a bougé », j'ai répondu.

Béretto a relevé la tête. Il m'a regardé droit dans les yeux et m'a dit avec un énorme sourire que c'était sûr que j'avais été béni par ma mère. Et même qu'elle avait dû me donner sa bénédiction bien avant ma naissance. Il s'est approché de moi pour me parler à l'oreille.

En fait, il fallait que mes amis rentrent chez eux parce que ce qui allait suivre n'était pas pour les petits enfants. Je devais aller rencontrer une personne. Très vite. Mais sans témoins. Du coup, il a souri moins fort et m'a demandé de dire au revoir à ces trois-là. Puis il a pris un air à la fois très doux et très sérieux pour m'annoncer que ce jour était le premier de ma vie. Je n'ai pas vraiment compris. Mais je n'ai rien montré. Quand j'ai expliqué à Simo, Isma et Zak qu'il fallait nous laisser, ils ont simplement répondu : « À demain, fils. »

Béretto a fait un autre geste dans le vide. Beaucoup plus large que le premier. Il a dû sentir que j'avais peur parce qu'il m'a parlé d'une voix très calme : « Sois heureux, mon frère, tu vas voir Les Yeux. » Pour oublier que j'avais peur, j'ai pensé à maman, j'ai pensé à ma chambre et à Séphora. La peur n'a pas bougé. Elle est restée là, coincée dans mon ventre. Elle ne voulait pas s'en aller. J'avais envie de courir jusqu'à la maison. Mais quelque chose m'a convaincu de rester.

Quand il a vérifié que Simo, Isma et Zak étaient bien partis, Béretto m'a fait signe de le suivre. On aurait à marcher un peu et il se doutait que je ne voudrais pas prendre le bus. Il voulait sûrement savoir si j'étais un gracieux ou un peureux. J'ai insisté pour qu'on prenne le bus quand même. On a remonté tout le boulevard Abdelmoumen à pied, ça faisait long, puis on est arrivés à l'arrêt. J'ai observé la plaque jaune plantée toute droite dans le trottoir et j'ai lu le numéro, 97. Je n'avais pas de quoi payer mon ticket. Maman me donnait cinq dirhams tous les samedis, quand elle pouvait. Les derniers étaient partis en casse-croûte. Ça n'a pas eu l'air de gêner Béretto. Il a parlé à l'oreille du chauffeur, qui regardait devant lui, comme si on n'était pas là. Et on est passés sans payer.

On s'est assis au fond, sur les roues, parce que c'était la place préférée de Béretto et il m'a expliqué qu'avec lui à mes côtés, je n'aurais jamais à payer quoi que ce soit. Encore moins le bus, parce que le chauffeur, c'était comme son oncle. C'était la première fois de ma vie que je prenais un bus comme ça. J'avais déjà voyagé dans un beau car blanc et bleu avec des sièges en velours orange quand on allait voir Ba Sidi, le père de maman, à Rabat, avant qu'ils se fâchent. Maman s'était mise en colère parce que Ba Sidi lui avait dit qu'elle n'avait pas su garder son mari. Ce qui fait qu'on ne voit plus personne de la famille du côté de maman et qu'on n'a plus aucune raison de prendre le car.

Le bus a démarré tout doucement, mais en faisant une sorte d'explosion. Béretto m'a regardé et de nouveau il a souri fort. On aurait dit que pour lui, c'était un grand jour. Plus on s'éloignait de l'école et de notre quartier, moins il y avait d'arbres. Et pas beaucoup de maisons blanches non plus, surtout des immeubles jaunes, mais aussi rouges, et d'autres qui n'étaient d'aucune couleur. On a roulé sur une longue avenue. On est montés. On est descendus. À certains endroits on pouvait voir des trottoirs, et à d'autres il n'y avait que de la terre. C'était nouveau pour moi. Le bus s'arrêtait et chaque fois, beaucoup de gens montaient. De grosses femmes et d'autres moins, avec des têtes de bébés chauves qui dépassaient de leurs dos, et d'autres habillées de toutes les couleurs, portant des sacs en plastique remplis de pommes de terre. Mais aussi des hommes maigres aux têtes tristes et en même temps très énervées.

On s'est mis à franchement descendre et je me suis dit qu'on n'allait pas pouvoir s'arrêter, qu'on aurait peut-être un accident. Je me suis accroché à mon siège. J'ai regardé mes mains, elles étaient sales. Là, Béretto m'a dit : « C'est de la sueur de pauvre. » Et il a fait un autre sourire, moins grand que le premier. J'ai essuyé mes mains sur mon bermuda. Puis on a traversé un mur de fumée qui cachait des immeubles. Sur chacun d'eux, des fils pendaient de partout, avec accrochés dessus des pantalons, des chemises, des slips d'hommes, des culottes d'enfants. Béretto a dit : « On est arrivés. »

Je lui ai demandé comment s'appelait ce grand boulevard où le bus nous avait déposés et il a répondu, en prenant un air très sérieux : « C'est le boulevard de la Résistance. » C'était comme si des heures étaient passées et j'ai commencé à me demander si j'avais bien fait de le suivre. Maman n'aurait pas été contente du tout de me savoir dans les rues avec un inconnu. Avec en plus une boule au milieu du crâne dans laquelle ça bougeait. Mais c'était trop tard pour faire machine arrière. Je me suis rendu compte que je n'avais toujours pas d'argent pour le bus du retour. J'ai eu peur et ça m'a mis en colère. Mais je n'ai rien montré. Et puis Béretto avait l'air tellement heureux, je me suis dit que je ne risquais rien.

Il a salué des fils du quartier, des frères sur lesquels, disait-il, on pouvait compter en cas de danger ou si on devait se cacher. Enfin, on s'est retrouvés devant un immeuble vert. Béretto a baissé la tête pour passer la porte. Je dois dire que c'était la première fois que je montais un escalier avec des dizaines de marches qui n'avaient pas toutes la même taille. Béretto a poussé une toute petite porte qui était verte elle aussi. D'un coup, on s'est retrouvés dans une grande pièce. On était chez Les Yeux.

Les Yeux, c'était une grosse dame aux cheveux orange qui dépassaient de son foulard vert. Elle nous attendait, assise sur un énorme coussin blanc à grosses fleurs de toutes les couleurs. Béretto lui a embrassé la main et elle a fait un geste l'invitant à sortir de la pièce pendant que moi, je devais venir m'asseoir tout près d'elle.

Je ne sais pas si elle a vu que j'étais impressionné, mais elle m'a conseillé de bien respirer. Elle a attrapé ma main droite très gentiment et l'a retournée d'un coup pour que ma paume regarde vers le ciel. Elle s'est mise à lire dedans. Elle parlait à la fois très doucement et trop vite. Et puis soudain, elle n'a plus prononcé un mot. Elle a seulement levé la tête vers le plafond, et comme j'ai levé la mienne aussi, j'ai remarqué une grosse plaque de gris, et des gouttes. Les Yeux, je crois bien qu'elle a laissé glisser sa langue jusqu'au fond de son estomac. Et quand elle l'a ressortie, elle a posé sa main très lourde sur mes cheveux et elle m'a demandé : « Tu sais pourquoi on m'appelle Les Yeux ? » J'ai répondu non. Alors, elle m'a ordonné de sortir un œuf du frigo et aussi de lui apporter son grand plat en fer blanc. Même si j'avais peur, je lui ai quand même dit que c'était gentil, mais que je n'avais pas faim. Elle a éclaté de rire, elle a ri comme une grand-mère, ou en tous cas une personne qui ne veut pas vous faire de mal, ça m'a complètement rassuré. Mais ce qui a vraiment fait que je n'ai plus eu peur du tout, c'est qu'elle était grosse. Tout le monde sait que les grosses dames (on les appelle aussi « les femmes fortes ») préparent de la bonne cuisine pour faire plaisir à leur famille et à tous les enfants qui viennent frapper à leur porte et repartent les mains pleines de choses délicieuses à manger.

Les Yeux a cassé l'œuf au milieu de son grand plat en fer blanc, qu'elle tenait serré entre ses cuisses. Même si je ne disais rien, elle m'a quand même demandé de me taire. Il fallait les laisser parler eux, les esprits, « ceux qui savent », et surtout respirer lentement jusqu'à ce qu'ils aient fini de lui montrer toutes les choses cachées de ma vie. Ça a commencé à sentir une drôle d'odeur. Et, dans un seul jaune d'œuf, qu'elle a crevé avec une tige de roseau, Les Yeux a vu que ma mère possédait deux iris clairs et que son lit était vide depuis des lunes, que j'avais une petite sœur qui voyait tout dans ses rêves. Puis elle a craché dans le jaune d'œuf mais je n'ai pas eu le temps d'être dégoûté parce qu'elle m'a regardé pour me dire qu'il existait une histoire, une grande histoire de Dieu dans laquelle je m'étais caché, et que trois garçons me suivaient dans cette aventure sans rien savoir de mon secret parce que la vérité, pour le moment, ne voulait pas sortir de ma bouche car elle était encore enfermée dans mon cœur. Mais ce n'était pas dangereux, et s'il m'arrivait certains jours de m'y perdre un peu, ou bien de m'y cacher ou de la mélanger avec la vraie vie, ce n'était rien, « rien du tout, mon fils », a continué Les Yeux, parce qu'un jour, je finirais par accepter le passé. Alors, si cette histoire pouvait m'aider pour le moment, ce n'était pas grave, un jour viendrait, un jour où je comprendrais tout, où j'épouserais une princesse, où elle me donnerait deux filles et un garçon.

« Tout va bien aller », m'a encore dit Les Yeux, « grâce à la bénédiction de ta mère. Promets-moi de prendre soin d'elle, de lui embrasser les mains toute ta vie, et jure-moi qu'un jour, tu lui achèteras une maison ». Des larmes coulaient sur ses joues. De sa voix très douce et très triste, elle a ajouté : « Le jour où tu auras trouvé, tu partiras. »

Maman ne m'a pas vu rentrer. Avec sa meilleure amie divorcée, elles étaient trop occupées à regarder la Marche Verte à la télévision. Elles n'arrivaient pas à quitter tous ces hommes des yeux. Il y en avait des milliers, marchant en file indienne, d'autres dans d'énormes camions rouges avec d'immenses pneus. Tous faisaient des gestes de la main pour nous dire à bientôt. Tous avaient l'air content. Il y avait aussi beaucoup de drapeaux et du sable partout. Maman et sa copine étaient très heureuses parce que les Espagnols allaient quitter notre Sahara. Elles se sont mises à crier, à chanter et à danser dans le salon. En regardant les Nouveaux Héros de la Nation partant libérer le désert, et comment ça rendait maman joyeuse, je me suis dit qu'il fallait qu'on se mette à marcher sérieusement nous aussi si on voulait atteindre la Montagne de Dieu, parce qu'avec tout ça, on avait pris un sacré retard. Ce qui était sûr, c'est qu'on n'avait pas de camions, et pas de drapeaux. Les Nouveaux Héros de la Nation avaient de la chance. Le Roi avait tout organisé pour eux.

Cette nuit-là, Meriem a encore rêvé de la femme aux huit pattes. Elle avait commencé à faire ce cauchemar à partir du jour où on s'était retrouvés tous les trois. Comme à chaque fois, ça a pris deux bonnes heures à maman pour la rendormir. Moi, je me suis souvenu de tout ce que m'avait dit Les Yeux. Au fond de mon lit, j'ai pensé que Béretto pouvait vraiment m'aider, et qu'il faudrait que je lui trouve un nom de voyage à lui aussi.

Quand je lui ai annoncé que j'en cherchais un beau, il était tellement fier et heureux qu'il a pris mes mains dans les siennes pour m'avouer qu'il savait des choses qui pourraient beaucoup me servir. Ensuite, il a pris un air important pour m'avouer qu'une personne très puissante lui avait fait jurer de ne pas répéter ce qu'il allait me raconter là, maintenant. Je devais faire comme si je ne savais rien, mais on devait se lancer à la recherche du plus haut des immeubles les plus blancs de Casablanca. Un immeuble construit par les Français à l'époque où ils croyaient que ce pays leur appartenait. En même temps qu'il se tapait sur la tête en tournant sur lui-même, Béretto s'est mis à chanter une chanson. Sa langue tournait comme une hélice : « Rends-moi le pain de sucre blanc, c'est notre pain de sucre géant ! » Et là, il s'est passé une chose incroyable, une chose qui était la preuve que je commençais à avoir un vrai don. J'ai su que Béretto était le fils des Yeux.

Avec tout ça, nous avions plusieurs séances d'échauffement en retard. Maman demandait combien de temps je comptais garder cette couverture rouge à rayures noires et blanches sur le dos ou bien ce que je comptais faire d'un bâton aussi long, « Tu n'as pas l'intention de dormir avec, n'est-ce pas mon ange ? », ou encore si j'avais l'intention de tuer ma sœur en la faisant tourner en rond pendant des heures, ce à quoi Meriem répondait : « C'est moi le peuple ! »

Quand je sentais que maman pouvait décider d'arrêter mes séances de marche vers la Terre Promise, et aussi pour qu'elle me lâche un peu et ne s'inquiète pas trop, je riais très fort, d'une manière stupide. Elle avait déjà assez de soucis avec les factures d'électricité et ses copies d'élèves à corriger.

Un samedi, avec Simo qui finalement voulait rester Josué, et Zak qui faisait toujours le reste des Hébreux, on a pris trois paquets de biscuits Henry's, j'ai fermé les yeux, je me suis concentré et j'ai dit à Isma qui commençait à s'ennuyer : « Aaron, pointe mon bâton vers le ciel. » Et là, on est partis pour de bon.

Même si je ne lui avais pas encore choisi de nom de voyage, Béretto restait le plus âgé et le plus fort d'entre nous. Il avait une théorie en deux parties. Un : pour que notre route soit heureuse et qu'on parvienne à destination, il fallait absolument que notre point de départ soit le boulevard Hassan II. Si on partait du boulevard du Roi, c'est sûr, ça nous porterait chance. Deux : on devait éviter les monstres. Pour ça, il fallait absolument rendre visite à quelqu'un qui savait tout sur la ville. Quelqu'un qui connaissait l'histoire de chaque rue, de chaque immeuble, les plus beaux endroits, comme le parc de la Ligue-Arabe, et les plus dangereux, comme le commissariat central, là où on enfermait des gens vivants pour en faire de la boue. Comment c'était possible de faire fondre des gens ? Pour oublier ça, j'ai demandé à Béretto si ça existait vraiment, une personne comme il disait, qui connaissait tout sur Casablanca.

Il a pris un air sérieux et un peu méprisant, comme lorsqu'on préfère regarder ailleurs quand une personne a dit une bêtise. Ça m'a un peu déstabilisé, mais je n'ai rien montré et il a tout de même répondu : « Bien sûr que ça existe, c'est Guébara. »

Je n'ai pas aimé cette façon de me parler. Je me suis dit que Béretto prenait souvent ses grands airs et qu'il fallait penser à s'en méfier. C'était peut-être un traître. Peut-être qu'il faudrait que je lui donne un nom de traître. J'ai bien réfléchi et j'ai compris que ce ne serait pas bon pour la suite. Parce que là, il aurait une raison de me trahir pour de bon et on avait de la route à faire. Pour que Béretto comprenne bien, mais vraiment bien, qui était le chef, j'ai dit que je voulais, non, que j'exigeais qu'il nous emmène le voir, son Guébara. Moi aussi, j'ai pris mon air le plus hautain : « Et c'est moi qui lui parlerai en premier. »

Sur le coup, Béretto m'a regardé bizarrement, avec un air un peu inquiet, comme un petit chien blessé à la patte. Il a recraché ses coques de pipas et il a juste répondu : « Si tu veux, Sidi. » Il fallait que je profite de ce moment de faiblesse pour enfoncer le clou, comme aurait dit maman. Alors je lui ai bien expliqué, au petit Béretto, que s'il voulait rester avec nous, il fallait qu'il accepte que sa mission était de nous conduire à travers les millions de rues de Casablanca, au milieu de millions de gens. Mais que le chef, le guide, ça resterait moi et moi seul, parce que c'était moi tout seul qui étais entré chez Les Yeux.

Béretto, il a été beau joueur. Il a souri et m'a lancé un second « Oui, Sidi. » La chaleur dans mon ventre est revenue, et je ne sais pas pourquoi, mais à cet instant-là, oui, comme ça, d'un coup, j'ai pensé à la maison où on vivait seuls, maman, Meriem et moi. Et même si on ne s'est rien dit, je suis sûr que mes meilleurs amis d'enfance ont senti la même chose. À part qu'eux, leurs pères vivaient toujours dans leurs maisons. On s'est mis en route tous les cinq.

C'était la première fois que je marchais sur le boulevard du Roi, au milieu de la foule. Il y avait des enfants en short, un marchand de glaces qui leur tendait ses cornets, et, plus loin, d'autres enfants qui marchaient avec leurs parents, et aussi des hommes assis au café qui parlaient fort de choses que j'ai oubliées, fumaient en riant, lisaient les journaux, se tapaient dans la main, et je ne sais pas trop quoi encore. Au milieu de tout ça, une grande fontaine qui envoyait de l'eau en l'air, et encore d'autres enfants autour, et des femmes qui restaient près de l'eau, peut-être pour les surveiller. Et tous couraient vers le marchand de cornets de glace, et ce qui était bien, c'est que tous avaient l'air contents. C'est sûrement pour ça qu'il y avait aussi un photographe, pour leur faire de belles photos de famille.

Avec maman et Meriem, on habitait la rue de la Lyre. Je pensais qu'elle était longue, notre rue. Mais à côté du boulevard du Roi, c'était une naine. Même quand je parvenais au bout et que je prenais la grande avenue et qu'il fallait marcher un peu pour aller jusqu'à l'épicerie ou à la pharmacie acheter du coton hydrophile pour maman ou des cotons-tiges pour les oreilles de Meriem, ça se faisait très vite. Et pour arriver à l'école, ça prenait un bon quart d'heure à pied. Au début, maman m'accompagnait le matin et revenait me chercher à midi et à cinq heures, jusqu'à ce que j'apprenne à faire le trajet tout seul. Un jour que je rentrais, j'ai vu des garçons en train de faire du mal à une petite chienne. Je la leur ai achetée pour ne pas qu'ils la tuent à coups de pierres. Je l'ai appelée Tania. Elle est restée avec moi, jusqu'à ce qu'elle morde la voisine au mollet. Et comme la voisine a menti en jurant que Tania avait la rage, on a été obligés de donner ma chienne à la police des animaux.

Le boulevard du Roi, c'était peut-être le boulevard le plus long de la ville, mais il n'avait rien à voir avec celui où habitait Les Yeux. On n'y voyait pas de fumée ni de pantalons accrochés aux balcons des immeubles, ceux-là étaient très beaux, très bien dessinés aussi, et brillants à cause du soleil. Et surtout très propres et tout blancs. Je me suis dit que c'était peut-être là qu'on trouverait le plus haut des plus hauts immeubles blancs de la ville. Mais en fait, c'était impossible. Quand on cherche une chose qui a disparu depuis au moins deux ans, on ne la retrouve pas du premier coup.

J'ai fait redescendre mes yeux perdus en haut des immeubles et j'ai bien vu que Béretto, Simo, Isma et Zak m'attendaient pour que je décide par où on allait passer. Isma, qui ne parle jamais dans le vide, a simplement dit qu'on perdait trop de temps. D'un coup, j'ai choisi une rue avec un nom français, comme ça, peut-être à cause de maman. Des rues françaises, il y en avait beaucoup. Et elles se mélangeaient avec celles écrites en arabe. Des rues petites. Des rues grises. Des plus ou moins trouées, comme si quelqu'un les avait cassées exprès avec un marteau géant. On en a choisi une qui portait le nom d'un homme important qui avait fait la guerre aux Français à une époque on n'était même pas nés. J'ai pensé qu'il fallait beaucoup de morts pour qu'il y ait autant de noms de rues.

Béretto avait l'air de bien les connaître, on aurait dit qu'il était déjà venu par ici et que c'était plus fort que lui, il fallait qu'il se prenne pour le seul vrai guide. Il faisait tout pour qu'on sache bien qu'il savait ce qu'il faisait et que sans lui, on n'irait pas très loin. On aurait dit qu'il voulait être Moïse. Il pouvait toujours essayer, il n'y arriverait jamais !

Simo, lui, marchait en silence. C'était mon meilleur ami depuis toujours. Pas Béretto. À force de réfléchir à tout ça, je ne me suis pas aperçu qu'on s'était éloignés du boulevard du Roi et plus encore de chez nous. Et que ce serait bientôt l'heure où maman pouvait commencer à s'inquiéter. J'ai aussi pensé à monsieur Salamano, parce qu'on marchait vite et que c'était du sport. J'ai même vu la tête de mademoiselle Chadli, avec ses yeux qui sortent. Je lisais les noms des rues écrites en majuscules. Et je crois bien que je n'en pouvais plus. Alors, pour arrêter tout ça, deux fois, très fort, j'ai crié : « Béretto ! » Et dès qu'il a entendu que je l'avais appelé comme avant, il a stoppé, un peu énervé, et il a dit : « On est arrivés. »

J'ai regardé autour de moi. Simo et Isma aussi. Et même Zak, qui jouait toujours le reste des Hébreux. J'ai compris qu'ils avaient peur d'entrer, parce que là où Béretto nous avait conduits c'était un immeuble effrayant tellement il était vieux. Avec des portes en fer. Des fenêtres toutes petites et très mal nettoyées et même des carreaux cassés. Des portes comme ça, il n'y en avait que dans les films en noir et blanc. Même si j'avais peur, je me suis retourné et j'ai dit : « L'Éternel veut que j'entre seul. »

À l'intérieur, on aurait dit que des gens étaient venus en cachette, peut-être même de nuit, pour planter des arbres dans la terre rouge, un peu comme ça se fait quand on sait que le Roi va passer dans sa grande voiture et que les policiers plantent des palmiers très vite pendant que tout le monde est endormi. C'est la meilleure amie divorcée de maman qui l'avait raconté. Et donc, peut-être que des policiers ou d'autres avaient posé là une vieille voiture rouge et noire aux pneus dégonflés, et qu'ils avaient apporté des poules blanches et orange, et des chiens. Des chiens noirs et d'autres blancs, qui se sont mis à courir vers moi.

Lorsque j'ai voulu les arrêter avec mon bâton de berger, j'ai entendu une voix un peu étrange, à la fois proche et lointaine, qui a dit : « N'aie pas peur, petit, ils sont meilleurs que les hommes. » Et là, pour la première fois de mon aventure, j'ai vu une personne comme je n'en avais jamais vu avant. Ce quelqu'un, c'était Guébara. Il a commencé par pousser un cri et les trois chiens se sont couchés à ses pieds. Les trois, d'un coup, et dans la même position, comme les statues de la Grande Cité de Pharaon. De sa main gauche, il a fait un geste pour que je m'approche. J'ai eu très peur. Mais je n'ai rien montré.

« Qui t'a amené ici ? » a-t-il demandé. J'ai répondu que c'était moi et moi seul qui avais trouvé sa maison. Je l'ai appelé Sidi Guébara et j'ai entendu pour la première fois de ma vie une manière de rire qui n'existait pas, elle non plus. En fait, c'est comme si tout ce qui était sous mes yeux n'existait pas vraiment. J'ai pensé que Simo, Isma, et Zak, le reste des Hébreux, et même Béretto, devaient se demander ce que je fabriquais à l'intérieur. J'ai aussi pensé que si je rentrais tard à la maison et que maman me posait des questions, j'inventerais une histoirc. Oui, quelque chose pour gagner du temps en attendant le jour où il faudrait que je lui dise toute la vérité. Une histoire de bagarre, ou de petit chien qu'il fallait sauver, de la noyade cette fois. En tous cas d'une mort certaine. Une histoire de quatrième dimension.

Ou d'enlèvement. Quelque chose du genre. Tout ça, c'est assez difficile à expliquer parce que c'est un peu comme si ça se passait à l'intérieur du rire de Guébara. Absolument tout. Les aboiements des chiens, tout près. Et très loin aussi. Le cri du coq et la drôle d'odeur de confiture d'orange et de caoutchouc brûlé. Oui, tout ça mélangé, une odeur que je n'avais jamais respirée auparavant.

Quand il a eu terminé son rire, et qu'il était sûr que tout tenait dedans, Guébara m'a tendu un verre de thé dans lequel il a ajouté une grande cuillère de miel en disant que son thé était un miracle du vrai Dieu. Une recette léguée par les premiers habitants de ce pays, qui avaient tous disparus. Il a crié : « Le miel, c'est Dieu ! Et Dieu, c'est le miel ! » Puis il m'a regardé bizarrement et m'a demandé si c'était le fils de la sorcière qui m'avait amené jusqu'à lui. Du coup, comme je n'avais plus peur du tout parce qu'on se connaissait mieux maintenant, Guébara et moi, j'ai avoué que oui. Mais que madame Les Yeux, ce n'était pas une sorcière. Elle avait vu toute ma vie dans un jaune d'œuf. Et que je savais aussi qui il était et que je n'avais pas peur. Que je savais qu'il connaissait toutes les rues de la ville et les histoires cachées des immeubles de Casablanca. Je lui ai tout sorti, comme ça, d'un seul coup, pour qu'il voie que j'étais à l'aise et aussi très fort. Qu'il comprenne que j'avais une mission divine à accomplir. C'est vrai, je savais bien que j'avais quelque chose de très important à faire et mieux que ça, je savais que je finirais par y arriver. Guébara m'a regardé fixement et il m'a dit : « Vous êtes un grand intelligent. »

Des hommes pour remplir des camions, cette fois, il n'y en avait aucun à la télévision. Maman était assise sur le canapé violet du salon, les bras croisés. Avec le silence et la fumée, le salon était devenu immense. Ce jour-là, j'ai très bien senti que je ne pourrais pas lui raconter des histoires. La quatrième dimension, il valait mieux éviter. Je serais obligé de dire la vérité. Alors j'ai fait ce que je fais toujours. Répéter des phrases idiotes pour ne pas avoir mal à la tête et oublier la peur. Maman m'a planté sa question dans le ventre. Elle sait très bien faire ça. Le plus difficile, c'était de la faire ressortir (une fois, au début de notre vie sans personne d'autre que nous trois, maman, Meriem et moi, ça avait pris deux semaines). Ce que je n'avais pas prévu, c'était qu'elle s'apercevrait de mon retard. Et que j'aurais si chaud dans mon ventre, je veux dire encore plus chaud qu'avec Yasmine, ma Séphora, encore plus chaud que dans mon bain, le dimanche où j'ai eu l'idée du peuple d'échauffement (mais pas aussi brûlant que le jour où la chose extraordinaire dont je ne peux pas parler m'est arrivée).

J'ai quand même voulu tout lâcher. J'ai pensé que c'était le bon jour. Et en pensant ça, je dois dire que j'ai eu une autre grande idée, une de ces idées qui descendent du ciel directement dans la tête des prophètes. En vrai, on était à peine le 13 du mois, et je lui ai raconté en très bon français que ma disparition momentanée était due au fait que j'avais vendu ma collection de timbres pour qu'elle ne signe pas trop sur le carnet de crédit parce qu'à la fin du mois tout son salaire serait parti, vu qu'elle avait commencé à signer le 6, et que le lendemain, qui serait le 14, elle allait voir, elle verrait que j'allais lui donner tout l'argent de ma collection, vendue pour remplir un peu l'enveloppe.

Maman a retiré ses lunettes. Elle a ouvert les bras et on a fait un gros, un énorme câlin. J'étais bien dans ses bras au parfum de fleur d'oranger mais je me sentais aussi très mal, à cause de mon histoire, le plus gros mensonge de ma vie. Les fleurs et les mensonges, ça ne sent pas pareil. Du coup, j'ai demandé à maman si je pouvais me coucher un peu plus tôt que d'habitude. Elle m'a serré encore plus fort. Et dans le noir j'ai pu tout revoir.

Les Yeux m'avait recommandé d'oublier des choses pour mieux m'en rappeler plus tard, alors j'ai fait comme elle avait dit. Dans mon lit, j'ai revu toute la scène et me suis rappelé tout ce que m'avait confié Guébara. Les gens de ce pays étaient devenus des pauvres gens, des moutons, et des insectes aussi. Un matin, lui, on l'avait emmené dans une prison sous l'eau. Une autre fois, dans une grotte, sous la terre (en disant cela, il avait frappé plusieurs fois du pied. Il avait de très gros orteils un peu verts autour des ongles), tout ça, simplement parce qu'il voulait rendre ce pays à ses enfants. Mais le plus important, c'est qu'il a sorti un carnet déchiré de la poche arrière de son pantalon vert, dans lequel il y avait une photo de l'année où il avait passé le bac en sciences expérimentales. Il était fier, il a même dit : « Je suis un physicien ! »

Bien au chaud dans mon lit, je me suis aussi souvenu que Guébara avait crié : « Nous ne sommes pas nés pour être des esclaves ! » Voilà pourquoi il s'appelait Guébara, « comme le grand Ché ! » Là, il s'était levé d'un coup pour chanter « la chanson du Monde ». Je crois que c'est ça. Et ce qui est bien, très bien même, c'est que je me suis souvenu d'un peu tout, ma tête est devenue lourde et des petites lumières se sont remises à tourner autour de moi. Je me suis surtout rappelé que j'avais expliqué à Guébara qu'avec Josué, Aaron et le reste des Hébreux, mes trois amis d'enfance depuis toujours, on devait marcher jusqu'à la Montagne de Dieu. Il m'avait demandé pourquoi on s'était donné des noms de Juifs, mais après quelques secondes, il avait dit que c'était bien, après tout, parce que nous, les Marocains, on avait droit à tous les prophètes. Ensuite, il avait pris une grande respiration et d'un coup, il avait avalé un grand verre d'un sirop de la même couleur que les yeux de maman.

Le plus important de tout, c'est qu'il avait parlé des immeubles blancs construits par les Français, « Que Dieu les maudisse ! », et qu'on avait de la chance, parce qu'ils n'étaient pas très loin les uns des autres (les immcubles, pas les Français). À la fin, Guébara avait pris un air sérieux et triste à la fois, il avait refait son grand rire et m'avait lancé que j'étais le bienvenu dans son royaume. Dernière chose : il ne fallait pas que je donne mon cœur à lire au fils de la sorcière parce que j'étais un diamant brut et que ce garçon était une hyène. « Tu sais, cette espèce maudite, ces chiens, ces loups ratés ! Ce n'est pas Dieu qui les a créées, parce que les hyènes, elles, elles pissent autour de leurs proies pour les endormir avant de les dévorer vivantes. Méfie-toi de cette race ! »

Avant de dormir pour de bon, je me suis souvenu que le lendemain, il fallait que je trouve quelqu'un pour m'acheter ma collection de neuf cent vingt-cinq timbres.

Il y a eu un nouveau miracle. Et ce miracle, c'était Youssef. Dans toute l'école, on l'appelait « Bogoss » parce qu'il portait des chemises rayées et aussi parce qu'il passait tout le temps la main dans ses cheveux. Quand je lui ai dit que je vendais tous mes timbres, il m'a demandé « Les Polonais aussi ? », et j'ai dit oui. Le plus important, c'est que j'ai pu donner l'argent à maman. Je lui avais menti, j'avais perdu ma collection, mais ce qui était bien, c'est que pendant quinze jours j'ai été le roi de la maison. C'était parfait pour la suite.

Un matin, j'ai pris Béretto entre quatre yeux, de la même façon que maman fait avec moi, et alors, face à face, sans avoir peur, je lui ai dit que j'avais compris depuis le début que sa mère, c'était Les Yeux. D'abord, il n'a rien dit. Il s'est tu. Puis il a retiré son béret, l'a jeté par terre et il a juré, « Ouallah ! », qu'il n'avait jamais vu quelqu'un d'aussi fort que moi, qu'il l'avait su tout de suite et que c'était pour ça qu'il m'avait laissé toucher sa bosse.

J'ai pris un air important pour lui dire que Les Yeux, il fallait très vite qu'elle casse un deuxième œuf et que cette fois, elle cherche bien au fond du jaune dans quelle direction on devait marcher. On avait déjà perdu énormément de temps.

Deux jours après, Béretto est revenu avec la réponse. Les Yeux avait tout vu au sujet de l'endroit de mon secret. Il a pris un air plus que sérieux, a posé sa main droite sur son cœur et là, il a clamé : « Au nord, là d'où toujours on voit le port. » Et il a rajouté : « Du plus haut des immeubles les plus blancs ».

Me rapporter une phrase comme ça, ça méritait un beau nom de voyage. Même si je ne savais pas encore lequel, j'allais le lui trouver. C'était un peu injuste et même assez méchant de l'avoir laissé traiter de hyène par Guébara sans rien dire. Surtout qu'il n'avait jamais dû endormir personne avec son pipi, le pauvre Béretto.

Depuis le plus haut des immeubles les plus blancs, on était sûrs de voir des bateaux, peut-être même des navires de guerre ! On avait de quoi être optimistes et contents pour de bon. J'avais des choses formidables à raconter à Simo, Isma et Zak. Mais c'est justement le moment qu'ils ont choisi pour me poignarder dans le dos. Comme ça, d'un coup, sans prévenir, ils n'ont plus voulu marcher avec moi jusqu'à la Montagne de Dieu.

Ils racontaient que tout ça, ça m'avait monté à la tête. Que si je voulais finir chez les fous, c'était mon problème. Et puis, ils m'ont balancé qu'ils plaignaient ma mère d'avoir un fils qui se prenait pour Moïse. Maman, elle m'aurait sûrement dit que j'avais toujours été un grand naïf. Elle m'aurait rafraîchi la mémoire. Elle m'aurait rappelé le nombre de trahisons que j'avais déjà connues dans ma vie. Mais on était dans la cour de l'école, elle n'était pas là pour me dire tout ça. Je me suis contenté de regarder Simo, Isma et Zak droit dans les yeux. Comme ils ont vu que pas un mot ne voulait sortir de ma bouche, ils ont éclaté de rire, en même temps, tous les trois, pour que j'aie encore plus la rage.

Avant de retourner en classe chez mademoiselle Chadli, qui nous avait demandé d'apporter un dessin d'Homme Bleu, qui devait avoir l'air fier avec sa tunique et son turban, le drapeau marocain dans la main droite et le désert derrière lui, j'ai bien compris que mes trois meilleurs amis d'enfance m'avaient lâché, eux aussi. Avec de fausses excuses en plus. Simo, je m'y attendais, était revenu en force avec son histoire de garçon de bonne famille. L'imagination, ce n'était pas son fort. L'argument d'Isma, c'était qu'il fallait qu'il travaille son calcul mental parce qu'un jour il serait ingénieur, comme son père. Zak ne voulait plus être « un reste ». Pour lui, finir les restes d'un dîner qu'on n'avait pas aimé et jouer le reste des Hébreux, c'était exactement pareil, une punition.

Le soir, j'étais encore plus en colère et encore plus triste. Mais je n'ai rien montré. Et quand j'ai eu fini de pleurer, la tête bien enfoncée dans mon oreiller pour que maman n'entende rien, j'ai tout compris sur mes trois meilleurs amis d'enfance. Simo, je savais depuis le début qu'il ne ferait jamais un bon Josué. Pourquoi je lui avais proposé le rôle d'un tailleur de pierre alors qu'il avait déjà du mal à tailler son crayon noir ? Isma, peut-être qu'il était nul en maths, mais c'était pourtant un vrai calculateur. Et Zak confondait le singulier et le pluriel, le pauvre ! Quand j'ai compris tout ça, j'ai ri. Mais j'ai été encore plus triste et honteux parce que je m'étais fait lâcher au moment où on commençait à marcher dans la bonne direction.

C'est peu après qu'il s'est produit un nouveau miracle. Béretto, qui me cherchait depuis deux jours, m'a annoncé qu'il était sûr (et sa mère aussi) qu'il fallait continuer à marcher droit devant et qu'un jour, je trouverais ce que je cherchais. Je n'ai pas répondu. J'ai pensé que même si je m'étais méfié de Béretto à un moment, c'était lui et pas un autre qui m'avait conduit chez Les Yeux. Et aussi chez Guébara, avec ses arbres plantés dans le ciment dur et brillant, et ses chiens, ses poules, tout ça en pleine ville, dans un immeuble décrépit, au milieu des rues françaises qui se jetaient dans des rues marocaines.

Béretto et moi, si on s'était rencontrés, c'était parce qu'on était un peu les mêmes. Lui avait un œuf sur le crâne. Moi, quand ma tête chauffait trop, tout devenait noir dans mon esprit. C'était lui, mon véritable ami. Et il allait me suivre jusqu'à la Montagne de Dieu. Je l'ai regardé et j'ai dit : « Béretto, maintenant tu vas t'appeler Josué. »

Son visage s'est éclairé d'un coup. Je lui ai demandé s'il voulait savoir ce qu'on cherchait vraiment. Il a répondu que ce serait un grand honneur. J'ai pris toute ma respiration et je me suis lancé :

« Ce qu'on cherche, c'est mon père.

– Je te jure qu'on va le retrouver », il a simplement répondu.

J'ai marché jusqu'à chez moi avec une boule de feu dans le ventre. Mais là, le Nil avait débordé.

Ça faisait longtemps que Meriem n'avait pas provoqué de catastrophe. Quand je lui ai demandé ce qui lui avait pris d'ouvrir tous les robinets, elle a répondu en pleurant qu'elle voulait « faire la plage pour que le soleil sorte du ciel ». Il y avait de l'eau partout, dans le couloir, dans la pièce de la télévision, elle était même entrée dans la chambre de maman qui maintenant passait la serpillière, la tête couverte d'un foulard à carreaux. La meilleure chose à faire, c'était de me taire et de l'aider comme je pouvais. Maman avait des taches rouges partout, sur les joues et sur le front. Sur ses jolies mains. Elle criait qu'elle n'en pouvait plus de Meriem. Qu'elle ne comprendrait jamais cette gosse. Comme si la vie n'était pas assez compliquée, pas assez dure. Chiante ! Et merdique ! D'où est-ce qu'elle était sortie, cette petite, au juste ? Elle a posé plusieurs fois la question. J'ai répondu : « Meriem est sortie de ton ventre, maman ! » Je me suis pris une gifle qui m'a brûlé le visage. J'ai eu très mal. Mais je n'ai rien montré.

Meriem, elle n'était pas contente, plus joyeuse du tout. Et encore moins heureuse que je me prenne une aussi grosse claque. Mais sur le moment, elle a certainement dû se dire que même si c'était un peu injuste, il fallait qu'on se partage la très grosse colère de maman, qu'on se partage sa vie chiante, chiante et merdique.

Maman a hurlé des insultes graves qu'on ne dit pas devant des enfants. Quand elle n'en pouvait plus, c'était toujours pareil, elle disait des choses horribles. Par exemple, que si ça continuait, elle nous laisserait nous débrouiller sans elle, avec lui, oui, « avec l'autre con qui n'a rien trouvé de mieux à faire que de nous laisser en plan. Disparu, ce salaud ! Parti. Avec sa pute. »

À cause de la plage de Meriem ou de je ne sais quoi d'autre qui avait débordé dans sa tête, au lieu de dire « votre père », comme les rares fois où elle parlait de lui, maman l'avait insulté. D'habitude, elle ne disait jamais les gros mots des adultes. Pour dire « merde », elle disait « mercredi ». Alors, nous, les « gosses de l'autre con », on s'est tus. On s'est même cachés. En attendant que la maison sèche.

Et comme à chaque fois (mais pas exactement, cette fois-là), lorsque tout a eu l'air d'être rentré dans l'ordre et que Meriem et moi on était restés suffisamment dans notre coin, à ne plus rien faire que nous taire dans notre chambre, on s'est dit que ça allait aller. D'habitude, maman revenait quand elle était calmée, douchée, ses cheveux mouillés et peignés en arrière. Elle nous serrait contre elle et on sentait sa peau fraîche et parfumée à la lavande. Chaque fois, elle pleurait. Meriem et moi aussi. Pour lui faire plaisir ou bien parce qu'on était vraiment tristes. Après, on faisait une boule d'amour tous les trois. On riait fort. À la fin, c'était bien. On oubliait tout. Mais cette fois, je dois dire que Meriem avait quand même forcé la dose, avec sa plage. Ça prendrait encore beaucoup de temps pour que ça sèche complètement. En attendant, on s'était pris une vraie raclée et maman était fâchée.

Le soir on a attendu la boule d'amour. Maman est restée enfermée dans sa chambre et j'ai eu peur qu'elle ne sorte plus jamais. Tellement que je n'ai pas bougé de mon lit, sans rien à faire d'autre que me dire encore une fois que c'était injuste d'avoir entendu tout ça. Meriem, même si elle ne mesurait pas plus de un mètre et qu'elle ne pesait pas très lourd, a décidé d'écouter derrière la porte. Maman pleurait et parlait. Meriem a dit à voix basse : « Maman est en train de raconter sa vie à Dieu. » Après, elle s'est enroulée dans sa couverture bleue. Là, j'ai tout compris. Tout vu aussi.

La vérité, c'est que maman et moi on était pareils. Elle sans mari. Et moi sans amis. Comme je n'arrivais pas à dormir et elle non plus, Meriem en a profité pour me raconter qu'une fois, on avait sonné à la porte et qu'un monsieur très grand, avec une chemise blanche et une boîte de gâteaux à la main, lui avait demandé si elle savait comment il s'appelait. Meriem avait juste répondu « Non monsieur », et elle était partie se cacher dans la chambre. Je ne sais pas pourquoi elle a attendu tout ce temps pour me raconter cette histoire. Mais comme j'ai toujours eu la chance de réfléchir aux choses les plus importantes dans mon lit, je me suis rendu compte que si Meriem n'avait pas ouvert tous les robinets de la maison, si maman ne s'était pas beaucoup, beaucoup énervée, si elle n'avait pas autant hurlé et si on n'avait pas reçu des baffes aussi fortes que celles qu'on avait reçues, je n'aurais jamais su qu'un monsieur inconnu était venu sonner à la porte et qu'il était parti aussi vite qu'il était arrivé. De toute façon, ce n'était pas un homme. Les vrais hommes sonnent une deuxième fois et même une troisième. Elle avait raison, mademoiselle Chadli. Les hommes finissent toujours par vous laisser tomber. Comme j'ai pensé à mademoiselle Chadli, j'ai automatiquement pensé aux Nouveaux Héros de la Nation qui marchaient dans notre désert, à Béretto, et j'ai su qu'il allait faire un très bon Josué.

Le plus important dans tout ça, c'est que je crois que maman est finalement venue, ce soir-là. Je crois bien que j'ai senti son parfum et aussi qu'elle m'a embrassé sur le front. Les baisers des mères qui ne sont plus fâchées, ils vous enlèvent d'un coup toute la peine que vous avez dans le cœur. Même si vous dormez. Chaque fois que maman hurlait, qu'elle disait qu'on était invivables, j'avais un goût de fer mouillé dans la bouche. Là, je ne l'avais plus. Meriem aussi avait dû le sentir, le baiser de maman. Le lendemain, même si la maison était presque sèche, maman avait quand même l'air fatigué. Je me suis promis qu'un jour, je prendrais mon courage à deux mains et que je lui demanderais pourquoi nous, on n'avait pas de photos sur les murs, ou bien sur la commode, des photos de famille comme dans les autres maisons. Le plus compliqué avec maman c'est qu'il fallait trouver le bon moment.

Il n'a pas fallu beaucoup de temps pour que Béretto nous invente une nouvelle théorie. Mais en une seule partie, cette fois. Si je voulais vraiment retrouver mon père, je devais absolument rencontrer des enfants qui n'en avaient pas. Soit parce que leurs pères étaient morts (parce que leur cœur s'était arrêté de battre ou parce que leur travail était tellement dur, tellement fatigant ou dangereux que ça avait fini par les tuer, comme les hommes qui ramassent les poubelles, par exemple, et vivent accrochés aux camions, au beau milieu de la saleté et de la pourriture), soit parce qu'ils avaient disparu (peut-être qu'ils étaient recherchés par la police et qu'ils s'étaient enfuis, ça, ça arrivait souvent), ou bien parce qu'on ne savait pas qui étaient leurs pères, à ces enfants, pas même leurs mères.

Béretto, avec sa façon d'expliquer les choses, d'ouvrir grand les yeux, de se tordre les doigts pour les faire craquer, avait en fait une idée importante : il fallait qu'on devienne comme des frères, ces enfants-là et moi. Je n'ai pas vraiment compris. Mais je n'ai rien montré. Je me suis contenté de lui demander pourquoi son père à lui, on ne le voyait jamais et il m'a répondu : « Une nuit, ma mère l'a chassé. » Béretto, c'était un mélange de plusieurs choses. Certaines faisaient peur, certaines faisaient rire. Le plus important, c'est qu'il était toujours prêt à me suivre et d'accord pour que je lui donne les noms que je voulais. Il disait qu'il pouvait tout porter, tout prendre sur lui, qu'il avait les bras pour ça. Et il m'a promis de me montrer ceux que personne ne voit jamais. Des enfants qui vivent à la fois très près et très loin de chez moi. Casablanca est une ville où il suffit de marcher un peu pour changer de monde.

Quand je lui ai annoncé que j'étais d'accord pour qu'on applique sa théorie, Béretto m'a mis en garde : « Tu ne parleras pas de ce que tu vas voir à ta mère. » Là où on allait cette fois, il n'y aurait pas de grand boulevard, d'immeubles blancs avec balcons, de photographes et de fontaine, et pas non plus d'immeuble détruit avec des arbres plantés dans le ciment et des animaux à l'intérieur. Non, cette fois, c'était un trou où vivaient des enfants pas comme les autres.

On a décidé qu'on partirait samedi. Béretto m'a encore une fois fait jurer de ne pas en parler. Le fait qu'il insiste pour que maman ne sache rien, je dois dire que ça m'a inquiété et que j'y ai pensé durant toute la soirée. Pour ne plus que ça me donne chaud au ventre et à la tête, je me suis collé à elle pour regarder la télé. C'était important, ce qui se passait. Les hommes avaient marché loin dans le désert et à un moment, on a vu le Roi en tenue de militaire. Tous les Héros de la Nation se sont regroupés autour de lui pour lui dire bonjour, ils étaient fiers qu'il soit venu les encourager à continuer de marcher dans le Sahara marocain et ils voulaient tous lui embrasser la main. Maman n'était pas triste. Elle ne parlait pas trop non plus. Je crois qu'elle s'ennuyait un peu ou alors qu'elle était bien tranquille. Ça pouvait lui arriver aussi. Meriem est restée dans la chambre des enfants et moi, je suis allé réfléchir à tout ça dans mon lit. Aux enfants qu'on allait voir samedi et qui vivaient dans un trou. Peut-être une crevasse, ou un cratère, ou pire encore. Quand j'étais plus petit, maman m'avait emmené à la plage et je m'étais mis à chercher où est-ce que je pourrais faire le trou le plus parfait. J'ai cherché partout, pendant des heures, et c'est comme ça que je me suis perdu. Elle m'a finalement retrouvé au poste de police, au coucher du soleil. Elle avait cru que j'avais été emporté par l'océan. On a pleuré tous les deux. On a ri. Ensuite, elle m'a acheté une grosse meringue au chocolat. Après m'être souvenu de cette histoire, je crois que je me suis endormi assez vite.

Le lendemain, Béretto est venu m'attendre devant la porte de mon école. Il avait les yeux rouges, et il m'a dit une chose que je n'ai pas comprise, même si je n'ai rien montré : « La nuit a tellement faim qu'elle mange le jour. » Quand je lui ai demandé ce que ça voulait dire, il est reparti en riant et en sautant dans tous les sens : « Tu verras, tu verras ! Attention ! Elle avale tout ! » Même si je n'ai pas compris, et même si j'ai eu peur, ma peur était moins forte que mon envie de marcher. Et ça, c'était plutôt bien. Le samedi, on est partis pour le Trou des Sans-Père.

Comme Josué doit toujours suivre les pas de Moïse, Béretto a accepté de marcher derrière moi. Mais cette fois, il m'a prévenu qu'à un moment donné, je devrais tout de même rester un peu loin. Et surtout ne pas parler tant qu'on ne me poserait pas de questions. Parce qu'il arrivait que les Sans-Père, ça devienne très vite les Sans-Cœur. Béretto s'est retourné vers moi, il a pris un air très sérieux et j'ai senti que lui aussi avait peur mais qu'il aimait bien ça, la chair de poule. Il a changé de visage et m'a posé une question à laquelle je ne m'attendais pas du tout :

« Est-ce que tu sais que certains humains sont comme des insectes ?

– Des insectes ? j'ai demandé.

– Ce sont les plus forts, les plus rapides et les plus terribles parce qu'ils sortent sans qu'on s'y attende, ils arrivent de partout... »

Là, Béretto perdait un peu de son côté Josué pour devenir quelqu'un que je ne connaissais pas. Je dois bien avouer que j'ai eu peur. On commençait à voir de la fumée, un peu plus loin devant. Je me suis dit que des gens faisaient brûler des planches de bois, peut-être pour se réchauffer, ou pour autre chose... Ce qui était inquiétant aussi, c'est que depuis un certain temps, on ne marchait plus sur une avenue ou sur un boulevard, mais sur de la terre rouge, mélangée à des cailloux et à du sable gris. Au-dessus de ma tête, les nuages dans le ciel donnaient l'impression de changer de couleur. On a avancé, et l'odeur de la fumée est devenue plus forte, ça sentait l'alcool à brûler. C'est une odeur que je ne supporte pas, qui me fait tourner la tête et qui me donne des idées noires, comme ces dimanches soir où j'ai de la fièvre parce que j'ai encore attrapé une méchante angine blanche. Je me suis senti très seul. Mais je n'ai rien montré.

J'ai vite compris pourquoi Béretto m'avait parlé de ces humains qui ont l'air d'insectes. En effet, ils sont arrivés de partout. Je voyais des têtes, des yeux, des bouches. En même temps, je sentais des pattes, des toutes fines et des longues, qui bougeaient autour de moi, descendaient des murs, les unes très doucement, les autres sautant et bondissant, roulant sur la terre rouge et grise. Les enfants-araignées de Béretto. Une lumière tombait d'en haut, du soleil en train de se coucher, et les enfants-araignées étaient suivis par des ombres immenses. Ils marchaient, couraient, ils apparaissaient et disparaissaient. Puis ils se sont arrêtés d'un coup et se sont mis à nous observer depuis les toits couverts de fumée blanche. On pouvait les voir se parler à l'oreille et je me suis dit qu'ils devaient forcément vouloir nous tendre un piège. Ce qui est sûr, c'est que plus on avançait, plus on distinguait que c'était des humains. Mais pas vraiment des enfants. Je veux dire qu'ils n'avaient rien de commun avec Simo, ou Isma, ou Zak. Ou moi. Béretto avait raison. C'était vrai qu'ils se prenaient pour des insectes, qu'ils étaient forts, très rapides, et qu'aujourd'hui, ils avaient l'air spécialement terribles. Je me suis demandé pourquoi on était venus dans cet endroit plein de fumée, de terre rouge et grise, plein de ce qui me faisait tourner la tête, et commencer à la perdre. J'ai pensé que jamais je ne pourrais devenir frère avec l'un d'eux.

On a quand même continué à marcher en direction de la fumée. Là, il y avait un feu énorme, des flammes qui me paraissaient immenses. Béretto a renversé la tête en arrière, ouvert sa bouche en grand. On aurait dit qu'il voulait avaler toute la fumée du grand feu, et, très fort, il a crié : « Où êtes-vous, les Sans-Père ? » Alors, on me croira ou pas, mais ce que j'ai vu, c'est quelqu'un qui avait l'air de sortir de sous la terre, quelqu'un avec des bras plus longs que ses jambes. Et une tête de la taille de son ventre. Au début, je pensais que cette chose ne viendrait pas dans ma direction parce que j'étais convaincu de m'être fait assez petit pour qu'elle ne me voie pas. Elle était gigantesque cette chose émergeant de la fumée, des cris et des applaudissements des enfants-araignées. C'était Ghanghouni.

Je n'imaginais pas qu'on puisse porter ce nom. Ça peut sembler bizarre, mais quand il faut le prononcer, ça vous fait faire un drôle d'effort avec la bouche et la mâchoire. Béretto, ou Josué, ça ne vous fait pas travailler autant de centimètres de langue qu'un nom comme Ghanghouni, qui fait aussi bouger le nez. Et même les yeux. Bref, pour l'appeler par son nom, Ghanghouni, Béretto a dû bouger tout son visage. Il y a des noms qui vous obligent à faire la grimace. Béretto, ça le rendait laid. C'était mal de penser ça. Et d'en rire. Même si je n'en ai jamais parlé, c'est resté en moi.

Pour revenir à mon histoire, quand je dis que Ghanghouni était une chose, c'est que d'abord je n'ai pas bien vu à quoi il ressemblait. C'est aussi parce qu'autour de lui, ça bougeait énormément. En fait, le Trou des Sans-Père, ce n'était pas seulement un trou. C'était des murs de maisons détruites il y a très longtemps, peut-être à cause d'une guerre, ou plus grave encore. Il n'y avait plus que ça, des morceaux de murs ! Ce qui était fou, c'est qu'il y avait même des escaliers qui tenaient tout seuls. Et une cave qui avait dû appartenir à un immeuble auparavant. Tout était démoli. Les enfants qui vivaient là, on peut dire qu'ils dormaient dans l'endroit le plus horrible du monde, les restes de la ville. Non seulement ils n'avaient pas de père, mais ils n'avaient pas de chambre, pas de lit, pas de couverture l'hiver. En vrai, ils ne possédaient rien d'autre que le grand feu pour les réchauffer, les faire danser et leur offrir des ombres géantes. Quand Ghanghouni s'est arrêté devant nous, j'ai compris que c'était malgré tout un humain. Un humain qui a lancé à Béretto : « Tu reviens dans le trou de ta mère ? »

Plus personne n'a parlé. Ça a duré quelques secondes. On aurait dit que ça allait dégénérer en bagarre parce que les deux se sont fixés méchamment. Mais Ghanghouni et Béretto ont simplement éclaté de rire. Et moi, du coup, j'ai eu moins peur. Ils ont continué à rire, à se prendre dans les bras, à se taper fort dans le dos, à s'embrasser dans le cou, à crier des mots très courts que je ne comprenais pas. Puis ils se sont mis à chanter. Des paroles rien qu'à eux, toujours très fort, que je n'ai pas comprises non plus. En vrai, je crois que des mots comme ça, il fallait être né dans leur monde pour les connaître. Le monde des murs cassés et de l'essence qui sert à allumer le grand feu. Tout joyeux, ils se sont hurlés dessus, dessous, et moi je les regardais, silencieux. Ma tête et mon ventre me brûlaient. Quand ils ont chanté *Tak Tak Zana Noun*, je me suis dit qu'ils étaient de vieux amis.

Ils ont crié ça plusieurs fois et Ghanghouni a tendu une gourde recouverte de peau d'animal à Béretto. Une gourde pleine d'un liquide jaune et brillant, si jaune qu'on aurait pu croire que c'était chaud. Je le sais, parce que mon ami s'en est versé sur le visage. Puis il a bu, bu et bu sans s'arrêter. Il a bu « goulûment », aurait précisé maman. En vrai, ce qu'il avait avalé, c'était de l'alcool à brûler. Quand il a eu fini, il a éclaté de rire à nouveau.

Tellement fort que j'ai eu mal à l'intérieur de la tête et que son visage a changé de couleur pour devenir tout rouge et luisant. Il m'a pris par la main, et là, tout souriant, il a dit à Ghanghouni : « Notre petit frère. »

À la façon dont il a bougé, j'ai cru que Ghanghouni allait lui lécher la joue. Peut-être pour ne pas gaspiller leur alcool à brûler. Mais non, Ghanghouni a parlé d'une voix très calme, comme un serpent : « Tu nous as ramené de la chair blanche ? » J'ai pensé que Béretto allait s'énerver pour de bon, mais il a juste dit : « Non, pas lui. Lui, je t'expliquerai qui c'est. » À partir de là, j'ai eu la peur de ma vie.

J'étais un prisonnier de guerre. Le prisonnier de Ghanghouni, qui était le chef de tous les Sans-Père, même s'il n'avait que quinze ans. Enfermé dans un nuage rouge qui ne faisait que grossir. Je respirais mais c'était comme si quelqu'un arrivait par derrière, une créature avec de très grosses mains, très froides et très chaudes à la fois, des mains faites de fer ou d'os, qui me pressait la tête jusqu'à ce que je ne puisse plus respirer du tout. Même si elles étaient invisibles, ces mains-là voulaient que je me taise. Que je ne bouge pas. Que j'accepte tout. Peut-être même que je ne reparte plus jamais d'ici.

J'ai pensé à maman. Très fort à Meriem. C'était une faute grave d'avoir quitté la maison. Et peut-être que tout ce périple vers la Montagne de Dieu n'allait servir à rien. Dans un moment pareil, ça aurait été bien d'avoir un père pour venir desserrer les doigts d'os, les mains de fer qui ne voulaient plus lâcher mon crâne. J'avais chaud, j'étouffais. Il y avait des flammes partout, du monde autour de moi, et je me souviens d'une chose incroyable, c'est que même mes yeux brûlaient. Tout s'est mélangé dans mon cerveau. Tellement que je me suis senti glisser dans un toboggan de fumée rouge, au milieu des fruits pourris et du caoutchouc brûlé. Je suis comme tombé dans le ciel (je sais bien qu'on ne me croira jamais, mais c'est à ça qu'on reconnaît les prophètes !). Et plus je tombais, plus je voyais ce qui se passait dans le trou qui crachait rouge et orange. C'est là que je les ai vraiment vus, ceux de la ville des Sans-Père. Les visages qui mangent la nuit. Les yeux énormes, sans rien autour. Les bouches qui mâchent l'air et la fumée, les bouches noires qui rient fort et sucent le bruit. Les joues creuses et bleues. Ce n'est pas très gentil ce que je vais dire, mais ils n'avaient pas des têtes d'araignées, ils avaient des têtes petites et chauves, plates, triangles, en tous cas qui n'arrivaient pas à être rondes. C'était des visages qu'il aurait mieux valu garder cachés. Et puis, d'un coup, j'ai été très content. Parce que quelqu'un s'est assis juste à côté de moi. C'était Béretto. Il ne m'avait pas laissé tomber.

Je me suis dit qu'il faisait un super Josué et que Moïse, ça m'allait quand même bien. Béretto a posé la main sur mon épaule et il a fait une chose que je n'oublierais jamais. Il a demandé aux enfants de chanter leur chanson, le chant des Sans-Père. Et là, tous accroupis, ils se sont mis à marmonner. Tous, chacun d'eux, hurlaient en silence en levant les bras et en faisant tourner leur tête dans tous les sens, un peu comme lorsqu'il y a un mort ou un accident de voiture. Comme le jour où on avait été réveillés par de drôles de hurlements, quand un vieux monsieur, un grand-père qui ne savait pas qu'il ne fallait pas traverser la voie ferrée à pied, avait décidé d'enjamber la barrière rouge et noire. Je ne sais plus si c'est à cause du train qui lui était passé dessus, ou parce que c'était un grand-père, mais les voisines s'étaient mises à hurler avec des voix d'enfants qui ressemblaient à celles qui montaient du trou en même temps que les flammes, la fumée et l'odeur de l'essence qui faisait tourner la tête. Oui, heureusement que mon Josué était venu près de moi. Il m'a regardé, m'a pris par les épaules, a souri comme jamais et m'a dit : « Maintenant, tu vas comprendre. » Il a pris son air très sérieux pour lancer : « Venez raconter votre histoire à notre frère ! » Les enfants se sont approchés, doucement, à quatre pattes, et ça a commencé. Un instant, j'ai pensé que Simo, Isma et Zak rataient vraiment quelque chose. Mais je me suis dit aussi que s'ils n'étaient pas présents, c'était parce que l'Éternel l'avait décidé ainsi.

Leur vrai nom, ça aurait pu être les Fils de la Patience, parce qu'ils attendaient toujours de sortir de leur trou. Mais certains avaient des noms bien à eux. Le Fils de l'Huile Noire, sa mère l'avait fait avec un mécanicien envolé le jour de sa naissance (il avait raconté qu'il avait une voiture à réparer, que c'était urgent, il s'était enfui en laissant une trace d'huile derrière lui et on ne l'avait plus jamais revu). Il y avait aussi le Fils de la Tombe. Sa mère avait été obligée d'accoucher dans un cimetière parce qu'elle était trop jeune et qu'elle n'était pas mariée. Ça, c'était une autre drôle d'histoire de fuite. Son fiancé, un menteur et un lâche, avait refusé de se marier avec elle lorsque son ventre s'était mis à grossir. Elle avait voulu mourir, mais elle avait quand même eu le bébé. Et comme elle n'avait que quatorze ans, elle l'avait laissé à des gens, des vieilles personnes qui avaient toutes fini par mourir. Et lui, le Fils de la Tombe, il était resté vivant tout seul.

Béretto connaissait les histoires de tous ces enfants. À la fois très vite et très doucement, il a parlé du Fils du Charbon Rouge, qui s'appelait ainsi parce qu'on l'avait laissé tout seul un jour à côté du charbon qui brûlait. Il s'en était approché, il avait glissé, et le feu lui avait brûlé la moitié du visage. Sa mère avait tout essayé pour qu'il ne garde pas de marques, mais elle n'avait rien pu faire… Toujours riant et leur demandant de continuer à chanter sans s'arrêter, Béretto racontait (« Lui, il est né presque vieux », « Lui, c'est un animal dangereux »…) et c'était comme si j'avais à réfléchir beaucoup et qu'en même temps j'avais de la fièvre.

Plus Béretto racontait et plus je me disais que j'avais de la chance, parce que maman, elle, ne m'avait jamais laissé me brûler, ne m'avait pas donné à des vieilles personnes. En vrai, elle était toujours là pour moi. Je me suis dit aussi qu'on habitait une maison, qu'on avait notre chambre, Meriem et moi, et que j'allais à l'école. Et même si on avait des problèmes d'argent, notre vie ne ressemblait pas à celle des Sans-Père. En vrai, les Sans-Père, ce n'était pas des insectes, pas des araignées non plus, juste des orphelins très pauvres.

Et il avait eu raison, Béretto, de m'emmener chez eux, dans leur trou, parce qu'on se ressemblait au moins pour une chose. On avait un grand point commun. Nos pères avaient disparu.

Pour ouvrir mes yeux, il a d'abord fallu que je les décolle. Meriem devait être en train de peigner les cheveux de Dolly, ou ceux de Rania, et maman n'était pas encore venue vérifier si je dormais ou si je faisais semblant. Tout allait bien. La seule chose que je n'avais pas prévue, c'est que ce jour-là, je ne me suis pas réveillé dans mon lit. Quand il s'est mis à faire un peu plus clair, à cause du jour qui voulait entrer par les volets, et que j'ai commencé à bien observer tout autour de moi, j'ai vu que j'avais dormi dans une pièce aux murs vert clair, un peu gondolés par endroits. Le lit n'était pas le mien, mon lit bleu et jaune. Celui-là était bien trop haut. Et le matelas sous mes fesses, bien plus dur. On aurait dit qu'il était fait de bosses. Plus j'ouvrais les yeux, plus je me rendais compte que ce lit très haut et tout déformé ne sentait pas mon sommeil. Il avait la même odeur que la terre, pire, que le poil d'un animal mouillé. J'ai décidé de descendre de là.

J'ai posé les pieds sur de grands carreaux noirs et blancs. En face de moi, il y avait un autre matelas recouvert d'un tissu à fleurs, des pétales roses et des feuilles vertes énormes. Je me suis dit que les gens qui vivaient là devaient beaucoup aimer les couleurs primaires. Les choses sont devenues de plus en plus claires. Et ça, c'était une catastrophe.

Maman ne savait pas où j'étais, elle devait être en train de me chercher, elle devait avoir peur, et c'était sûr qu'elle devait hurler dans toute la maison. Meriem ne pourrait pas la rassurer. Même si elle essayait, elle se prendrait une de ces paires de baffes monumentales dont maman a le secret. Cette fois, même si je lui avais donné l'argent des timbres, maman me punirait. Elle ne me pardonnerait jamais d'avoir disparu comme ça, dans le Trou des Sans-Père. J'étais désespéré. Triste aussi. En colère contre tout. Et d'abord, contre moi. Et contre Béretto. Et Simo, Isma, et Zak. Ils auraient dû être là pour m'en empêcher. C'est à ça que ça doit servir, les meilleurs amis d'enfance. Mais voilà, j'étais encore allé traîner. La vérité, c'est que je ne m'étais pas contenté d'attendre que le temps passe à la maison, entre les devoirs et mes petites maquettes d'avions, ou à jouer au foot dans la rue avec le fils des voisins. Et même si les mères des fils de voisins n'aimaient pas les fils de mères divorcées, j'aurais pu me montrer un peu plus patient.

C'est à ce moment-là qu'il y a eu un nouveau miracle. Un miracle qui n'était pas une idée, ni un bâton, ni une preuve, ni Youssef le Bogoss, mais une force. La seule vraie force qui m'a fait me réveiller tout à fait et constater que j'avais dormi tout habillé. Même si j'avais encore du feu brûlant dans mon crâne, je me suis dit que j'avais quand même une femme qui s'appelait Séphora, très jolie avec ses grands yeux noisette, une vraie épouse de prophète, qui m'avait poussé à bien me préparer pour cette grande aventure. Et que je restais Moïse, sinon, l'Éternel me l'aurait fait savoir très vite. Il ne m'aurait pas fait marcher autant ni vivre toutes ces choses dans la ville.

J'étais en sueur. Et j'ai pensé qu'un jour, j'y arriverais tout seul à la Montagne de Dieu. Du coup, j'ai eu chaud au ventre, et j'ai eu moins peur. Et là, il y a eu un vrai, un immense et beaucoup plus grand miracle. Pas un de ceux que le Moïse adulte, en levant les bras et en brandissant son bâton, aurait pu provoquer devant la mer Rouge ou en parlant au Ciel. Le vrai, l'immense et beaucoup plus grand miracle, c'était des rires. Des rires comme des sauts de puce, ou des bonds d'animaux qui vivent dans la brousse. Je me suis tu. Pas trop longtemps. Et quand j'ai bien tendu l'oreille, j'ai compris que j'entendais plutôt des paroles de femmes, de dames qui devaient se raconter des histoires drôles et pas drôles en même temps. Peut-être les mêmes histoires que maman et ses meilleures amies divorcées se racontent entre elles, des histoires de papas qui s'enfuient, de pères qui ne payent jamais la pension alimentaire.

Je suis entré sur la pointe des pieds dans une grande pièce, avec une belle horloge en bois. Une dame assise en tailleur s'est retournée. Elle a tendu les mains et elle a dit : « Voilà ton petit homme ! » La dame qui venait de parler, c'était Les Yeux. Et l'immense miracle, c'est que là, assise en face d'elle, il y avait maman. Elle s'est tournée vers moi. Et elle m'a fait un beau sourire. Du coup, Les Yeux m'a fait signe de venir m'asseoir pour que je prenne mon petit déjeuner.

L'unique chose qui pouvait aider à faire durer le miracle et m'éviterait de me prendre une raclée à la ceinture quand on rentrerait à la maison, était de rester assis et surtout de me taire. J'ai accepté de manger tout ce que Les Yeux me donnait. Des beignets, des olives noires, de La Vache qui rit, du thé à la menthe, du beurre de la montagne, de la confiture de figue, encore du thé à la menthe, des sablés et aussi des œufs frais. J'en avais plein la bouche. Et je dois dire que ça m'a aidé à bien écouter la conversation entre Les Yeux, qui tenait les mains de maman, et maman, qui fixait les Yeux.

Maman regardait Les Yeux de la même manière qu'elle me regardait moi quand je lui racontais mes histoires qui n'arrivent jamais. Ce jour-là, c'était le jour de l'histoire des Yeux. Maman ne disait rien, elle écoutait très gentiment, très poliment, avec son air très intéressé. Maman, c'est sûr, était en train de retrouver une chose importante qu'elle avait perdue depuis longtemps. Une de ces choses qui peuvent tout changer.

Pour que la magie continue, je faisais tout pour garder la bouche pleine avec le plus de nourriture possible. Mais c'est Béretto qui a fait que le miracle a autant duré. Béretto, et c'était encore une preuve supplémentaire que j'avais eu raison d'en faire mon nouveau Josué, a passé la tête par une porte. Il m'a fait signe de le rejoindre et Les Yeux m'a fait un sourire qui voulait dire : « Ta maman et moi devons rester seules, va jouer avec mon fils, il a des choses à te montrer. » Toute une phrase avec un simple sourire et les mains de maman dans les siennes. Les Yeux, en vrai, elle était forte !

Je me suis levé pour rejoindre Béretto et j'ai pensé que c'était moi qui l'avais rencontrée en premier, Les Yeux. Bien avant maman. Et je dois dire que ça m'a rendu fier. Mais je n'ai rien montré. Je me suis demandé si elle aussi aurait le droit de voir toute sa vie dans un jaune d'œuf. Pendant que je réfléchissais à tout ça, j'ai senti la main chaude et musclée de Béretto. De force, il m'a tiré. Et quand je lui ai lancé mon regard de Moïse que les Hébreux mettent en colère parce qu'ils refusent de croire aux miracles de l'Éternel, Béretto a pris son air de petit garçon pour dire : « Chut, chut, mon frère. Viens écouter les mots dans la fissure. »

J'ai collé mon oreille à la fissure (en vrai, une petite oreille dans le mur vert). Le problème, c'est que les mots qui sortaient de la bouche des Yeux et de celle de maman se mélangeaient au petit vent froid qui passait, lui aussi, à travers la pierre. Malgré ce petit vent qui se mêlait aux paroles de maman, et surtout à celles que lui offrait Les Yeux, j'ai entendu beaucoup de choses, par exemple que maman n'en pouvait plus qu'aucun homme ne la touche, qu'elle n'en pouvait plus « de ne pas avoir d'épaule », qu'il y avait des soirs où elle se tordait de solitude, elle devenait un vêtement essoré, sans personne, dans son lit, qu'elle avait peur de se dessécher. Quand elle a dit ça, j'ai retiré mon oreille de la fissure, j'ai eu du mal à respirer, ça m'a brûlé dans la tête et le ventre. Mais quand le rire de maman est revenu après un certain temps, le mal est parti. Et Les Yeux riait aussi en disant à maman des choses qui la faisaient rire encore plus, elle lui annonçait de bonnes nouvelles, l'arrivée d'un nouveau mari ou d'une somme d'argent, ce genre de paroles qui expliquent pourquoi on a pris le chemin du retour en chantant, en faisant des blagues et des charades, tout tranquillement. Des paroles qui ont fait qu'on a marché sans se presser et que maman a trouvé qu'il faisait toujours beau dans notre pays, alors oui, on a profité de ce beau soleil de novembre, elle est même allée jusqu'à vouloir se laisser embrasser par la lumière « en attendant ! », et c'est elle qui a tenu à ce qu'on s'arrête à la pâtisserie acheter des meringues.

Le soir, on a regardé la télévision un peu plus tard que d'habitude. Maman, qui était encore ravie, nous a parlé des choses formidables, merveilleuses et grandioses qui allaient bientôt arriver. En regardant les hommes qui marchaient dans le désert, qui souriaient et faisaient des gestes de la main, Meriem a dit que c'était sûrement nous qu'ils saluaient à travers l'écran. « Tu as raison, ma chérie » a ri maman et elle l'a embrassé très fort. Elle a ajouté que ces choses magnifiques auraient lieu à la maison et pour le pays entier. Bientôt, nous serions tous libérés. Chacun à sa manière, chacun dans son cœur. Depuis que Les Yeux avait vu son avenir, pour maman, c'était comme si notre vie et celle de tous les Marocains s'étaient mélangées d'un coup. En vrai, quand elle était malheureuse, elle gardait sa peine pour elle, et quand elle était heureuse, elle voulait que tout le monde le soit.

Elle nous a serrés contre elle et nous a promis, juré, que c'était fini, les chansons tristes qu'elle passait sur le tourne-disque, ces violons monotones qui avaient l'air de pleurer. À partir de maintenant, a annoncé maman, on danserait au son des guitares, des tambours, et on chanterait d'une seule voix *Les Sources, mes yeux* ! Tous ensemble, à la télévision et dans toutes les maisons. Je lui ai demandé ce que ça voulait dire, et de quoi ça parlait. Elle a tout de suite retrouvé sa voix de maîtresse d'école pour expliquer : « Tu vois, mon chéri, dans ce chant merveilleux, il est question de la ville de Laâyoune, une ville loin dans le désert que les Héros ont atteint ! Laâyoune veut dire "les sources". Et tu dois savoir qu'en arabe – et c'est pour ça que cette chanson est si belle –, *les sources* ça ressemble beaucoup au mot *œil*, tu vois ? » Là, maman a vu que je n'avais pas compris et elle a continué : « Ça signifie que la ville de Laâyoune, c'est à la fois les sources, bien sûr, mais aussi les yeux. Tu vois comme c'est poétique ? Qu'avons-nous de plus précieux que nos yeux, mon chéri ? » J'ai souri, et maman nous a serrés de nouveau contre elle pour nous dire qu'on était ses yeux.

Moi, je me suis souvenu de *Tak Tak, Zana Noun*. Et du Fils de l'Huile Noire, et de tous les autres orphelins. Mais surtout que Béretto, mon Josué, et moi, son Moïse, on devait retrouver la route qui conduit ceux qui ont soif de vérité à la Montagne de Dieu. Lorsque j'en ai de nouveau parlé à Béretto, il n'a plus trouvé que c'était une bonne idée. Alors, on a décidé de tout reprendre à zéro. Je lui ai dit qu'avec maman qui chantait *Les Sources, mes yeux* et qui faisait des nuits complètes parce que Meriem ne faisait plus de cauchemars, c'était le moment de faire le point.

Et là, je dois dire que Béretto a de nouveau montré qu'il faisait un bon assistant de prophète. Il s'est accroupi et a retiré son béret pour bien me montrer qu'on ne devait jamais oublier que tout avait commencé par la boule du crâne. Il m'a fait un signe pour que je m'assoie aussi et que je l'écoute attentivement. Je l'ai laissé parler et il a dit des choses que j'avais oubliées. Ou que je n'avais pas vues comme il fallait vraiment les voir. Selon lui, j'avais commis une erreur le jour où j'avais parlé de la Montagne de Dieu. Dieu n'a pas de montagne. Dieu est partout ! Si je croyais un seul instant qu'il nous attendrait au sommet d'une montagne, eh bien je me trompais. Pire, ça pouvait nous porter malheur. C'était ça, la seule vérité !

Béretto parlait fort, il criait presque maintenant. Et puis, il est passé du coq à l'âne, et il a voulu que je connaisse toute la vérité sur sa vie.

Les Yeux, cette grosse dame assise sur son coussin à fleurs, avec son œuf et sa tige de roseau, était en réalité sa tante. Ça avait l'air incroyable, mais elle l'avait élevé comme son fils.

« Tu veux savoir pourquoi, frère ? » Parce que la vraie mère de Béretto était morte le jour de sa naissance et il ne l'avait pas connue. « Tu veux savoir pourquoi, frère ? » À cause de la boule sur le crâne. Et là, Béretto a pris sa tête entre ses mains musclées et il a crié.

« Cette tête ! Cette énorme tête d'âne avec sa boule directement sortie de l'Enfer a déchiré ma vraie mère ! » Les Yeux, qui était sa grande sœur, l'avait pourtant mise en garde. Elle lui avait bien dit de ne pas faire cet enfant. Elle lui avait interdit de le pétrir avec la semence d'un homme venu de derrière le soleil. Mais même si c'était elle l'aînée, même si elle l'avait prévenue, à la fin elle n'avait rien changé, parce que c'était écrit. « L'Ange Contraire, qui existe, qui est le maître des ratés, du Destin Inversé, n'a pas voulu qu'elle comprenne ! »

Et puis Béretto m'a expliqué qu'on avait plusieurs vies qu'on pouvait vivre à condition de bien commencer. De faire un bon départ. Béretto, lui, il l'avait raté, et même totalement gâché, son commencement. Parce que c'est là que tout est décidé, dans l'eau qui coule des mères au moment de la sortie.

D'un coup, il s'est évanoui, presque mort. De la bave sortait de sa bouche, comme de la mousse blanche, avec des bulles. Quand il est revenu, il s'est assis. Il a pris mes mains. J'ai cru qu'il allait faire sa grimace, mais il m'a expliqué qu'il avait été aspiré et a demandé de lui pardonner. En même temps, il était content et soulagé. Il a même pris son air malicieux qui voulait dire que maintenant, je connaissais son grand secret. Quand je lui ai demandé ce que ça voulait dire exactement, « être aspiré », il a répondu que les esprits qui travaillent pour Les Yeux, des esprits homme ou femme, ou même les deux à la fois, venaient parfois le chercher. Ils le soulevaient et le forçaient à dire les mots vrais.

Là, je me suis levé, d'un coup, et j'ai dit : « Tout ça, c'est très bien, Béretto… » Je lui ai remis les idées en place et les pendules à l'heure, je lui ai dit que moi non plus je ne m'attendais pas à tout ça ni à tout le reste, par exemple l'œuf dans lequel était cachée toute ma vie, mes trois meilleurs amis qui m'avaient trahi, Guébara, et surtout le plus haut des immeubles blancs, qu'on était en train d'oublier. Mais si en plus de tout ça, la Montagne de Dieu, ça ne lui allait pas, eh bien on n'avait qu'à parler clairement, on n'avait qu'à dire « l'immeuble où vivait mon père », voilà !

J'avais parlé de manière très lente. Et très froide. Mais je savais que la vérité restait encore enfermée dans mon cœur. Et j'avais la tête qui recommençait à chauffer. Ce n'était pas bon signe du tout. Alors, j'ai repris d'une voix claire et ferme : « Si tu veux rester Josué, il faut que tu m'aides à avancer, Béretto. » Et je me suis tu. Les choses étaient bien parties pour encore se mélanger. Pour qu'il ne se vexe pas trop, j'ai retiré moi-même son béret et j'ai touché sa boule. Il a laissé couler une petite larme. Je l'ai regardé d'un air qui voulait dire que les hommes, les vrais, ça ne pleure pas. Et là, il m'a avoué qu'après une aspiration, il redevenait vide et triste, comme au commencement. J'en ai profité pour lui confirmer qu'il allait rester Josué. Moi aussi, j'avais envie de laisser couler une larme. Mais je n'ai rien montré. Il fallait que je lui fasse confiance.

Alors Béretto, très calmement, m'a dit : « Je connais une femme de ménage, une bonne qui lave les immeubles blancs les plus hauts de la ville. Elle, elle nous aidera. »

D’un côté, maman et Meriem chantaient *Les Sources, mes yeux* avec tous les habitants du pays, de l’autre, il se passait des choses étranges. Le fils des voisins était monté sur le toit de sa maison et il avait été attaqué par des guêpes. Il était à l’hôpital pour un bout de temps. Le marchand d’escargots qui passait de maison en maison chaque mercredi à midi avec sa carriole avait raconté à tout le monde qu’il avait rêvé que sa fille Milouda avait accouché d’une enfant avec des pattes de chèvre. Mais le plus bizarre, c’est que cette semaine-là un monsieur qu’on n’avait jamais vu avant est venu sonner à notre porte.

Comme toujours, Meriem a couru pour ouvrir. J’étais dans la chambre en train de faire mes devoirs. Je me souviens que cette semaine-là, c'était celle des exposés sur la lutte pour l'Indépendance. Mademoiselle Chadli voulait qu'on prenne conscience des événements en cours. Elle nous avait dit mot pour mot qu'il était essentiel de faire revivre une part de l'héroïsme passé pour qu'il ne s'efface jamais de nos mémoires. Il faut dire ici qu'à mademoiselle Chadli, depuis que les hommes étaient partis marcher, une chose pas commune lui était arrivée. Elle avait changé de voix et elle ne s'habillait plus qu'en rouge et vert. Tout ça pour dire que lorsqu'on a sonné à la porte de la maison et que Meriem a crié « Laissez-moi ! Mais laissez-moi ouvrir ! », j'étais plongé dans des choses sérieuses. Même si elles me faisaient perdre un temps précieux.

Meriem, je ne sais pas pourquoi, mais ce jour-là, c'est comme si elle avait vu un fantôme ou quelque chose du genre. Elle a couru se cacher. Maman nous a demandé de ne pas quitter notre chambre. Elle ne voulait pas qu'on sache qui était avec elle dans le salon. Je ne sais pas comment, mais je me suis souvenu de l'astuce de la fissure. Le seul problème, c'est qu'à la maison, les murs ne laissaient rien passer. Maman est restée dans le salon pendant au moins une heure. Elle a prononcé beaucoup de phrases. Elle s'est mise à parler d'une manière très énervée. L'homme aussi a parlé fort, au début. J'ai eu peur. Et comme ma peur est montée dans ma tête, d'un coup, j'ai ouvert la porte et je suis entré dans le salon.

Maman était assise sur le fauteuil marron. Le monsieur sur une des chaises de la salle à manger. Même si ma tête avait bien chauffé, j'ai remarqué qu'il n'avait pas l'air très à l'aise chez nous. Je me suis assis tout près de maman. Elle a passé sa main dans mes cheveux et de l'autre a continué à fumer sa cigarette. Elle s'était arraché un gros morceau de peau autour du pouce, mais elle avait l'air de ne rien sentir. Quand elle a eu terminé sa cigarette, elle l'a écrasée dans une des six assiettes que lui avait données sa grand-mère et auxquelles elle tenait beaucoup. Mais ce n'était pas ça, le plus important. Avec la voix très sèche qu'elle sait prendre parfois, elle a dit : « Mon chéri, je te présente mon frère. Ton oncle ».

Le monsieur n'a pas vraiment souri. Moi, j'ai fait comme maman m'a appris quand il faut saluer des hommes qu'on ne connaît pas. Je me suis approché, j'ai serré la main et je suis sorti de la pièce. J'ai imaginé une grande fissure dans le mur. D'un coup, c'est comme si j'aspirais tous les mots de maman. Même si je ne les ai pas tous compris, je m'en souviens. D'abord, elle a annoncé à son grand frère que c'était la dernière fois qu'elle lui adressait la parole et qu'il devait aller expliquer à leur père qu'il n'était plus son maître, qu'elle était une femme libre. Libre, parce qu'elle n'avait trouvé personne pour l'aider le jour où elle s'était retrouvée seule avec deux enfants. Elle a crié plusieurs fois : « Deux enfants, tu entends ! Deux gosses ! »

Ensuite, elle a ajouté qu'elle leur souhaitait de connaître l'amertume et la honte, je n'ai pas compris le premier mot, mais la honte, je savais. Ensuite, maman a hurlé des choses vulgaires que je ne vais pas répéter, mais qui signifiaient que sa famille, ce n'était pas grand-chose, et qu'ils méritaient tous d'aller en enfer, « comme tous les hommes de ce putain de pays ». Oui, elle a été très grossière, j'avoue, et elle a aussi dit à son frère qu'il était la pâle copie du patriarche (je n'ai pas compris), que c'était trop tard, bien trop tard, pour prendre de nos nouvelles, et qu'il pouvait la garder sa liasse, et aussi qu'on vivait dans un pays où tout le monde déteste les femmes divorcées qui travaillent, qui élèvent leurs enfants seules, des femmes qui se font insulter, « par des gens tellement bien, des gens tellement parfaits », et enfin qu'ils pouvaient aller se faire foutre, lui et son père. Maman a encore répété qu'il était trop tard pour se soucier de notre sort, de ce que nous mangions, de sa santé et de celle de ses petits. Puis elle a crié que sa fille était imprévisible et que son fils avait des visions. Et pour finir elle a hurlé (je crois bien que je l'ai entendue pleurer aussi) : « Et maintenant, fous le camp de chez moi ! »

Ensuite, la porte a claqué si fort que j'ai compris que le frère n'avait pas vraiment apprécié tous les mots et tous les points d'exclamation que maman lui avait plantés dans la tête. Il est parti sans demander son reste.

J'ai décollé mon oreille du mur comme si je décollais ma bouche d'une vitre et je suis retourné dans la chambre des enfants terribles. C'est le nom que maman lui donnait, les soirs où elle était énervée (mais pas tant que ça, en vrai). Avec tout le feu qui était sorti de sa gorge, je me suis dit qu'elle devait être encore plus en colère que d'habitude. Beaucoup plus que la fois où le Nil avait débordé. Et encore plus que le jour où Meriem s'était fabriqué une balançoire et qu'elle s'était ouvert la tête. (On la lui avait recousue à la clinique avec une aiguille en or pour qu'elle n'attrape pas le tétanos. Maman avait fumé deux paquets de cigarettes.) Après tout ce qu'elle avait balancé à son frère qui ne l'était plus et qui donc ne serait jamais mon oncle non plus, j'ai compris qu'il valait mieux se taire. Et surtout, me concentrer sur mon exposé.

Puis tout était redevenu calme. Je me suis senti bien. Mais ça n'a pas duré. Je me suis vite souvenu que maman avait quand même hurlé plus longtemps que d'habitude et qu'elle pouvait avoir sa crise. Ça lui arrivait à chaque fois qu'elle ne supportait plus les choses les plus dures de sa vie. Elle s'attrapait la tête et elle la serrait très fort. Il fallait qu'on lui trouve immédiatement une chaise ou un pouf en cuir pour s'asseoir, et un seau vide pour vomir son eau jaune (elle appelait ça de la bile). Ça pouvait durer des minutes entières. Quand elle se réveillait, elle avait tout oublié. Il fallait toujours que je lui raconte. Elle insistait pour savoir si elle avait dit quelque chose de spécial. C'était à moi de me souvenir. Je détestais ma vie quand maman faisait ses crises d'oubli et de vomi. Mais cette fois, ce n'était pas une semaine comme les autres.

Quand je suis revenu dans le salon, en n'ayant l'air de rien, mes feuilles d'exposé dans une main et mon crayon noir dans l'autre, maman n'était pas partie dans sa crise. Elle n'avait pas du tout vomi. J'étais content, très content même. Quand elle m'a vu, debout tout seul dans l'entrée du salon, elle a simplement ouvert les bras en immensément grand. On a appelé Meriem pour faire la boule d'amour des grands jours. Après quelques minutes à se taire et à sentir la chaleur partout, maman a dit : « Les chéris, on va s'offrir une bonne pizza ! » Et c'était bien. Pour une fois, je dois dire qu'on n'a pas regardé à la dépense. Meriem a même pris des profiteroles au chocolat et moi une dame blanche. Avec supplément chantilly.

Le chauffeur de taxi qui nous a ramenés à la maison, je crois bien qu'il a trouvé maman jolie. Durant tout le trajet, il n'a fait que la regarder avec un air d'hypocrite dans son rétroviseur. Ça m'a un peu énervé. Mais je n'ai rien montré. C'est vrai qu'elle était très jolie. Ses copines le lui disaient chaque fois qu'elles faisaient une petite fête ensemble. Quelquefois, c'était les samedis soirs. Si elles se retrouvaient chez l'une ou l'autre, je ne sais pas ce qu'elles faisaient vraiment. Mais quand elles étaient chez nous, elles mettaient de la musique arabe, ou française, ou bien les chansons en anglais de la radio, elles montaient le son très fort et elles dansaient entre femmes, avec leurs robes courtes à fleurs ou à rayures, et maman riait beaucoup. Elle dansait dans sa maison, on voyait qu'elle était heureuse et c'est vrai qu'elle était belle, avec ses longs cheveux et ses jolies mains qu'elle faisait si bien bouger. C'est pour ça que j'ai regardé le chauffeur de taxi avec un air méchant quand il nous a déposés devant la porte.

Le soir, il s'est passé des choses importantes à la télévision. Les Nouveaux Héros de la Nation avaient tant marché qu'ils étaient presque arrivés à la fin du désert. Maman a fait une remarque que je n'ai pas oubliée : dans notre foyer, aucun homme n'était parti libérer notre Sahara. J'ai souri très fort. Mais rien qu'en moi. Parce que je me suis rappelé que Béretto, lui, devait sûrement être en train de chercher la femme de ménage qui lavait les immeubles blancs.

Ce soir-là, avant que j'aille me coucher, maman a posé sa main sur mon front et elle a appuyé pour voir si j'avais de la fièvre. Avec la voix douce qu'elle sait prendre quand elle est de nouveau calme après ses colères, elle a dit : « Il s'en raconte des histoires, dans cette petite tête. » J'ai arrêté de penser, sauf peut-être à une chose qui me rendait triste. Il était possible que je ne revoie plus mes trois amis d'enfance. Et puisque rien ne serait plus jamais comme avant, j'ai pris mon temps pour me souvenir d'eux.

Je me suis souvenu qu'Isma, c'était Ismaël. Que je l'avais connu à la petite école. On était devenus amis parce qu'un jour, on avait décidé de créer un élevage de mouches ensemble. Simo, c'était Si Mohamed. On s'était rencontrés au dojo. Une fois, le maître nous avait séparés parce qu'on se battait pour de vrai à cause d'une chose horrible et méchante que Simo avait dite sur ma mère. Le maître nous avait forcés à nous serrer la main et après ça, on était devenus amis et Simo m'avait raconté pourquoi sa mère à lui ne l'aimait pas. (Elle trouvait que même à neuf ans, il était aussi moche que son père et que ça serait pire avec l'âge.) Zak, c'était Zakaria. C'était lui, mon ami d'enfance préféré. Une fois, il m'avait donné un porte-bonheur pour chasser le noir de ma tête. Nos parents avaient décidé de divorcer la même semaine ! Jusqu'au jour où son père à lui avait finalement décidé de rester.

C'est vrai que j'ai aussi beaucoup pensé et même repensé à cette chose que maman avait dite sur moi à son frère, qui ne reviendrait plus jamais (je n'ai même pas envie de dire son nom). Que j'étais atteint d'une sorte de mal. Elle avait prononcé le mot *hallucinations* et on n'en n'avait plus jamais reparlé. J'ai eu de la peine. Et beaucoup de tristesse froide dans le ventre. Ce froid qui vient juste avant la chaleur qui brûle sans brûler.

Pour ne pas que les choses se mélangent de nouveau, j'ai pensé à Béretto et aux fois où il était aspiré. Et j'ai compris que j'avais mon aspiration, moi aussi. Ce que maman avait appelé avec ce mot très long qu'il ne fallait plus prononcer à la maison. Elle préférait qu'on emploie des mots rares et beaux. Comme *circumambulation*. Je lui avais demandé ce que ça voulait dire, et elle avait répondu d'une traite, un vrai dictionnaire : « Du latin *circumambulatio*, qui signifie "marcher autour". C'est un rite qu'on retrouve dans de nombreuses religions. » Quand elle avait fini de parler d'une voix de robot, maman avait souri, et avait ajouté : « Qui sait, mon chéri, un jour peut-être que toi aussi, tu marcheras autour ? »

Quand je me suis répété cette définition, j'ai pensé que ça faisait un peu trop longtemps que Béretto et moi, on marchait autour des choses, mais qu'en vrai, on n'avait encore rien trouvé. Je savais que Béretto faisait tout pour être le meilleur Josué possible. Il avait promis qu'il cherchait la femme de ménage, la seule qui lavait les immeubles blancs. Et justement, j'ai bientôt appris que le nouveau miracle, c'est qu'il l'avait dénichée. Quelques jours plus tard, on a connu Rehma.

Ce qu'elle nous a demandé en premier, d'une manière douce et gentille, c'est si on savait ce que signifiait son prénom. Je me suis tu. Béretto a pris l'air qu'il avait la fois où il avait presque voulu nous perdre au milieu des rues françaises qui se jetaient dans des rues marocaines, la rue Saint-Cervan dans la rue Abou-Rayan, oui, cet air très énervant, et il a répondu : « Tous les Marocains savent ce que "Rehma" veut dire. » Et il s'est tourné vers moi.

Sur le moment, j'ai pensé que c'était une manière de dire que je n'étais pas un pur Marocain. Un vrai Marocain. Mais plus tard, quand je lui ai demandé une explication, Béretto m'a assuré que pour lui, j'étais un vrai, un pur Marocain. Pas un mélangé. Ça, c'est ce que les voisins racontaient partout dans le quartier. Cela dit, avant cette explication importante entre nous, on a surtout écouté ce que Rehma avait à nous apprendre.

Rehma, ça voulait dire « la miséricorde » ou bien « la gentillesse de Dieu ». Un des deux. Elle nous a demandé pourquoi on s'intéressait autant aux immeubles blancs. Je l'ai coupé. Et je lui ai expliqué, parce que c'était le jour des explications, qu'on ne cherchait pas n'importe quel immeuble blanc, mais le plus haut. Celui que les Français avaient bâti lorsqu'ils pensaient que ce pays était à eux. Rehma a levé les yeux et les mains au ciel et a demandé que Dieu fasse qu'un jour les Américains viennent leur prendre leur pays et les fassent travailler pour eux. Je crois que c'est ce qu'elle a dit. Pendant qu'elle priait contre les anciens Français constructeurs de très hauts immeubles blancs, j'ai songé que ça revenait souvent, ces grandes personnes qui avaient un problème avec la signification de leurs noms. Rehma a terminé sa prière énervée pile au moment où moi aussi j'ai arrêté de penser à cette histoire de noms. Alors on a pu entrer dans les détails.

Rehma avait commencé comme petite bonne, quand elle avait huit ans. Bien sûr, elle ne faisait pas le ménage. Mais elle devait se lever en même temps que le soleil pour faire chauffer le lait et le pain parce que le café et le thé, c'était une bonne un peu plus âgée qui en était chargée. C'était la règle. Ensuite, elle avait travaillé chez des Tangérois. Quand elle ouvrait le frigo pour manger, qu'elle prenait un yaourt à la fraise, ou autre chose de bon, ils la frappaient avec du fil électrique sur les bras et les cuisses jusqu'à ce qu'elle saigne. Et comme si ce n'était pas assez, ils la plongeaient dans une baignoire d'eau glacée. Le plus fou dans tout ça, c'est qu'ils lui achetaient tout de même de jolies robes à fleurs et des foulards de couleur.

Lorsqu'elle avait appris suffisamment de choses, elle s'était enfuie un matin après avoir volé l'argent que les Tangérois devaient envoyer à son père (trouvé dans le placard où sa patronne cachait ses bijoux) et elle avait couru jusqu'à la gare. Elle avait pris le car pour Casablanca, comme ça, par hasard, et dedans, elle avait rencontré une femme qui l'avait présentée à des Français.

Un jour, le maître, qui était très gentil et patient et qui lui donnait des sous en cachette, pas comme sa femme, qui, elle, parlait très vite et lui tournait le dos aussi vite, était tombé amoureux d'elle. « Sur la tombe de mon père, a dit Rehma, ça a créé beaucoup de problèmes ! » Elle avait été obligée de ramasser ses affaires et de quitter la maison, sinon c'était la police. « Il est resté avec sa femme », une femme si dure et sèche que Dieu ne lui avait pas donné de lèvres pour sourire et encore moins pour embrasser et faire toutes les choses qu'on doit faire avec la bouche comme chanter ou prier. « Pauvre monsieur Alain ! Pauvre monsieur Alain ! »

Ensuite, grâce à Aïcha, une amie si précieuse qu'elles avaient fini par vivre sous le même toit, avec le petit enfant qu'un homme qui avait disparu comme le Diable Noir avait fait à Aïcha, sa nouvelle meilleure amie pour toute la vie, elle avait été prise pour faire le ménage dans les grands immeubles du centre-ville, le quartier des gens qui travaillent dans des bureaux. C'est pour ça qu'il lui fallait se lever en même temps que le soleil, frotter les murs pour qu'ils restent propres, bien regarder qu'à l'intérieur des moquettes ne se cachent pas de cheveux ou de mégots. Et faire briller les longues tables de bois des grandes salles de réunion où tout est décidé pour notre pays, par exemple s'il y aura du blé, du sucre, et de l'huile. Rehma, même si ça ne se voyait pas tout de suite, avait donc une grande responsabilité. Si un bureau était mal nettoyé, ça pouvait tout déstabiliser. Elle disait que pour l'équilibre de notre pays, il fallait que les tables en bois soient aussi brillantes que des bracelets d'argent !

Rehma semblait à la fois triste et contente de raconter son histoire. Elle a ajouté qu'avant ça, avant de laver des immeubles blancs où on décide si on va avoir assez à boire et à manger ou si on aura les bons médicaments, elle avait travaillé un peu chez les Hindous, ceux qui vendent des radios et tout ce qu'il faut pour écouter de la musique. (Les Hindous vendent aussi des séchoirs et quelquefois des produits de leur pays d'origine, des crèmes à la rose ou bien à la noix de coco, qui rendent les cheveux fins et longs, des tisanes qui aident les hommes la nuit s'ils ont trop mangé ou s'ils n'y arrivent pas… Là, elle a éclaté de rire, Béretto aussi, et j'ai encore eu l'impression que je n'étais pas un vrai Marocain. Ça m'a fait un peu de peine, mais je n'ai rien montré.) Les Hindous vendent aussi des peignes pour les filles encore vierges qui veulent se marier. Avec un homme bien, ou leur cousin. Les Hindous vendent surtout de belles stéréos pour écouter de la musique très fort dans les mariages. C'est là que c'est devenu intéressant.

Elle a raconté qu'un jour, un très bel homme, avec de grands yeux dorés, était entré dans la boutique et lui avait parlé. Cette voix ne pouvait être que celle d'un homme qui vivait seul, c'était sûr, parce qu'il ne portait pas de costume comme les banquiers, qui ont tous des femmes et des belles-mères, des enfants petits à la maison et les mêmes vêtements, une veste bleue et un pantalon gris, des chaussures marron et des chaussettes blanches… « Vous comprenez ? »

Béretto et moi, on a fait oui de la tête en même temps. Rehma a continué, plus lentement et plus calmement, et elle a raconté que cet homme-là, on aurait dit qu'il faisait un travail qui ne l'obligeait pas à aller au bureau le matin. Il était venu acheter des cassettes, peut-être pour enregistrer ses mots, je me suis dit. L'homme aux yeux dorés avait laissé sa voiture, une belle voiture toute noire, longue et brillante, devant la porte du magasin. Et j'ai pensé qu'il y avait peut-être une jolie dame, assise à l'avant, qui attendait qu'il ait fini. Et peut-être même que cette jolie dame avait un gros ventre…

Et là, d'un coup, mon ventre s'est mis à chauffer. La chaleur a fusé dans ma tête. Les mots de Rehma ne produisaient pas tout à fait la même histoire sur moi. Ce que j'ai entendu, moi, c'est que cet homme aux yeux dorés était peut-être celui qui nous avait laissés tomber, c'était même sûrement lui. Parce que maman avait un jour raconté que mon père possédait une longue voiture noire, noir très foncé, et brillante. Et toutes les nuits, quand il rentrait tard du travail, il défonçait le garage.

Avec son histoire, Rehma avait ouvert la porte des souvenirs dans ma tête brûlante. Béretto m'a sorti du feu en lui posant une question simple : « Tu as déjà lavé l'immeuble le plus au nord, celui qui tourne sur lui-même, celui d'où on voit le port ? » Rehma s'est essuyé le front et s'est redressée. Son visage a changé de couleur pour devenir tout blanc, tout mince et transparent. D'un coup, elle était très sérieuse. Et moins belle. Comme si elle ne voulait plus parler d'elle mais dire des choses très vraies et très dures. Elle a répondu d'une manière qui m'a fait peur, une manière qui était un peu celle de maman quand elle me plante ses questions dans le ventre. Elle a dit à Béretto : « Pourquoi tu ne demandes pas à ton père ? Lui, tourner, il sait ce que ça veut dire… » Béretto lui a lancé un regard qui pouvait signifier : « Un jour, je te couperai en deux. » Et là, même si je n'ai pas bien compris ce qui se jouait entre eux, j'ai quand même repéré qu'il détestait qu'on insulte un homme. J'ai eu froid à l'intérieur de moi, mais je n'ai rien montré. Et Béretto n'a pas été capable de garder sa colère. Il hurlait très fort des insultes que je ne peux pas répéter.

Le pire dans tout ça, c'est quand on s'est retrouvés sur le boulevard Zerktouni, qui est le plus long du monde. Béretto s'est mis à arracher les rétroviseurs des voitures tranquillement garées là. Puis il a levé les bras au ciel, a enlevé son béret d'un coup sec et je me suis dit qu'il allait se faire aspirer. Mais Béretto s'est retourné, de la même manière sèche avec laquelle il avait retiré son béret, et il m'a simplement dit : « Oui, on va aller le voir, celui qui tourne comme un fou ! »

Rehma habitait une petite pièce, dans un immeuble situé tout près de la maison des Yeux, alors il a fallu qu'on prenne le bus de nouveau. Pour moi, c'était la seconde fois. J'étais moins étonné, mais j'ai quand même vu de nouvelles choses, comme un homme qui riait tout seul et que les passagers regardaient sans le voir. Le bus a roulé depuis l'avenue de la Résistance jusqu'au boulevard du Roi. Après, on a marché assez longtemps, Béretto et moi. Jusqu'à ce qu'on arrive devant la porte de Guébara.

Quand on s'est retrouvés au milieu des arbres verts plantés dans le ciment noir, des chiens endormis, des poules et des coqs cherchant des graines, quand on a vu que la vieille voiture était toujours là et que les arbres poussaient toujours au même endroit, quand on a de nouveau senti l'odeur de caoutchouc brûlé et entendu le grand rire de Guébara, Béretto m'a fait signe de ne pas bouger.

« Je savais que tu reviendrais, l'Intelligent, mais je ne pensais pas que tu amènerais le fils de la Sorcière ! » a lancé Guébara. Et là, j'ai vu une chose incroyable. J'ai vu Béretto courir comme les enfants-araignées du Trou des Sans-Père, je l'ai vu courir vers Guébara et se jeter sur lui. Au moment où il allait presque s'envoler, Guébara a fait ce que Rehma avait dit. Il s'est mis à tourner sur lui-même. Et Béretto est retombé comme une grande flaque d'eau.

La première fois que j'étais venu ici, je pensais savoir ce que ça voulait dire, un rire qui n'existe pas. Mais cette fois-là, je dois dire que le rire que nous a lancé Guébara, c'était un rire géant ! Il tournait tant que ses mots tournaient avec lui. Et ça faisait comme les feuilles dans le vent, comme l'automne dont parle souvent maman. Il fallait le voir pour le croire ! Plus il faisait la feuille, plus il riait. Et plus il avait le fou rire, plus il tournait, et plus on aurait dit qu'il faisait tourner son rire. C'était sûr qu'il nous préparait quelque chose. Mais avant ça, Béretto et Guébara ont réglé leurs comptes.

Béretto a voulu hurler. Il s'est mis à pleurer dans les bras de Guébara. Il lui a demandé pourquoi il l'avait laissé seul. Que ce n'était pas sa faute s'il était le fils d'une femme déchirée par une énorme tête d'âne. Qu'il fallait comprendre que les années écoulées avaient été difficiles et que sa vie, avec la boule sur le crâne qui lui restait de ce temps-là, était un terrible enfer. De son côté, Guébara a avoué que les choses avaient été pires pour lui que pour tout autre homme. À l'origine, il voulait un enfant de sa femme… Les Yeux. Et pas qu'ils adoptent l'enfant d'une autre. Mais à cause de cette belle-sœur qui avait éclaté en accouchant, il avait été privé de voir marcher et parler son propre sang. Et c'est là qu'il avait préféré s'éloigner des êtres humains. Et aussi de la politique, qui est l'œuvre du Démon, du Grand Corrupteur ! C'était bien lui, n'est-ce pas, qui avait tenté Ève avec une pomme qui n'en était pas une ? Et c'était bien elle qui avait à son tour embobiné Adam et nous avait amenés ici, dans ce faux monde !

Béretto a embrassé la main de Guébara, qui s'est mis à suer. Son visage ruisselait et il a répété trois fois que c'était à cause de l'injustice, « à cause d'elle, cette chienne ». Il a changé de visage. On aurait dit qu'il avait rajeuni. Il s'est assis, il a pris sa tête entre ses deux mains, et il a parlé d'une voix très basse et très douce. Comme maman, quand la fatigue lui tombe dessus. Guébara a dit : « C'est la prison qui parle, c'est elle qui raconte ses histoires, la prison et tous les coups que j'ai reçus ne peuvent pas se taire. » Il s'est essuyé le front et il a repris, d'une voix d'acier cette fois : « Ce sont les serpents qui nous ont fait tout ça, ils sont venus nous chercher, mes camarades et moi, à l'aube, pour nous faire asseoir nus sur des chaises, nus à attendre, sans boire ni manger, ils nous ont brûlé la peau, ils nous ont étouffés, noyés, fait manger notre merde et boire notre pisse, ils ont forcé nos corps, ils ont brûlé nos cœurs. Ce sont des cobras. Ils m'ont tellement battu qu'ils m'ont vidé de la force de donner un enfant à ma femme. Et le pire, c'est que je lui en ai voulu à elle. L'injustice, en vérité, m'a rendu injuste à mon tour. »

Guébara a fermé les yeux et a répété : « Je sais tout ça, et pourtant je continue, je continue quand même. Je rêve de justice et de liberté. » Il a fixé devant lui une chose qui n'existait pas. Béretto et moi, on est restés muets.

Au bout d'un long moment, Guébara s'est levé. Il a disparu dans sa cabane, derrière le figuier. Il a réapparu avec un plateau de thé et des gâteaux aux figues « que j'ai préparés moi-même ! ». Et évidemment, il a éclaté de rire. Et son grand rire a effacé tout de ce qu'il avait dit sur les serpents et tous les malheurs d'avant. Il m'a versé un grand verre et m'a dit en souriant de toute sa grande bouche : « Tu seras toujours chez toi ici, mon enfant. » Comme Guébara était de nouveau joyeux, j'ai ri pour lui faire plaisir. Mais en vrai, pendant que j'écoutais son histoire de serpents, quelque chose était rentré dans mon ventre. Mais je n'ai rien montré. Béretto, lui, avait gagné sa journée. Au moment de partir, Guébara a crié : « Oublie ! »

Sur le boulevard Mohammed V, Béretto a vu que ma bouche tremblait et que tous mes mots sortaient à l'envers. Mon ventre avait parlé à ma tête. Les deux s'étaient mis à bouillir. Béretto a voulu me serrer dans ses bras. J'ai cru qu'il ne voudrait plus me lâcher. Je lui ai demandé de me ramener à la maison. Parce que tout le monde avait eu des explications sur sa vie et pas moi. Et même si c'était un garçon des rues, je crois qu'il a eu peur quand je lui ai dit : « Maintenant, l'Éternel veut que je parle à ma mère. »

Je suis entré dans la cuisine et je me suis assis sur une chaise. J'ai balancé mes jambes comme à chaque fois que j'ai besoin de parler sans qu'on m'ait posé de questions. Maman terminait son bout de tartine. Elle m'a regardé comme jamais. Là, dans moi, il y avait une peur que je ne connaissais pas, et cette fois, je crois que ça s'est très bien et même complètement vu. Si je veux bien décrire les choses, il y avait dans ma tête des mots gelés, pointus, presque coupants. Et d'autres qui commençaient à fondre. Entre les deux, je sentais ceux qui voulaient s'enfuir comme de minuscules araignées. C'est très étrange, mais je jure que c'est vrai. J'ai pensé que dans la boule de Béretto, on avait peut-être aussi enfermé ensemble des adjectifs et des points d'exclamation.

Maman a bu une grande gorgée de café et je me suis dit : pas bouger, se taire. Regarder ses doigts. Et où est posée sa cigarette. Est-ce qu'elle a vraiment fini son café ? C'était le feu dans ma poitrine qui m'avait entraîné jusque dans la cuisine. Et aussi les choses vraies qui étaient sorties quand Rehma avait ouvert la porte des souvenirs. Maman, elle, avait déjà tout compris. Elle savait que je n'avais pas eu aussi peur depuis très longtemps. Le plus important, c'est qu'elle m'a regardé droit dans les yeux avec encore plus de gentillesse que d'habitude.

Maman, elle a une théorie. Elle dit que ce n'est pas de la gentillesse, mais que c'est un amour qui a un nom. Un nom très long. *Incommensurable.* Ça, c'est un vrai beau mot, plus beau que *circumambulation*, et il faut être mère pour le comprendre. J'étais sa chair et son sang, comme elle répète toujours quand elle a bu un petit verre de vin doré dans le salon avec ses amies divorcées, ou qu'elle vient la nuit pour m'embrasser en croyant que je dors (en vrai, je ne dors jamais). Puis elle m'a demandé de tout lui raconter, tout ce que j'avais sur le cœur.

Pour la première fois de ma vie, je me suis exprimé clairement. « Tu te souviens du jour où tu m'as demandé de bien m'habiller ? Le jour où j'ai voulu mettre une cravate. Tu m'as dit : "Tu te souviendras de ce jour, mon amour". On est sortis de la maison, rien que tous les deux. C'est ton amie qui gardait Meriem, tu te souviens ? On est allés manger au Don Camillo, dans ce quartier que je ne connaissais pas, qui s'appelle Mers Sultan, loin de chez nous. Tu te souviens, maman ? J'ai eu le droit de manger une entrée, un plat et un dessert ! J'ai pris un gratin aux fruits de mer, on n'en mange jamais chez nous. C'est très cher, un gratin comme ça. Et tu m'as fait remarquer que j'avais des goûts de luxe. Et que c'était bon signe, parce qu'il faudrait que je gagne beaucoup d'argent pour m'offrir des plats comme ça quand je serais un homme. Et on avait ri. Si je raconte ça, c'est pour qu'on n'oublie pas. Et ce jour où vous étiez assis là… Toi et, toi et… papa. Je le sais même si on n'a pas de photos de lui, tu nous expliques que c'est parce qu'il a toujours eu peur de la sorcellerie et qu'avec une photo et des paroles magiques, on peut changer la vie d'une personne, on peut transformer toute sa vie. Tu te souviens ? Après, on a habité dans une rue qui portait un nom de fleur, mais tu n'as pas voulu qu'on y reste à cause du voisin qui venait frapper à la porte le soir, le voisin aux yeux rouges, qui sortait la langue en disant : "Madame, je t'aime, madame tu es belle avec tes beaux yeux." Mais en vrai, je vais trop vite.

On va retourner au restaurant ? C'était trop bon et je dois te dire une chose, nous, à la maison, on ne mange jamais des choses aussi bonnes, n'est-ce pas ? Peut-être bien qu'on est devenus pauvres, mais qu'on n'a pas envie d'en parler. Mais ce n'est pas grave, parce qu'un jour je serai riche, et je t'achèterai une maison et le frigo sera toujours plein ! Écoute-moi, s'il te plaît. Imagine que là, maintenant, on est en train de sortir du restaurant, et qu'on marche tous les deux, et que devant nous, sur une grande affiche, il y a un homme très beau, avec des cheveux blancs et longs. Souviens-toi, il ouvre ses bras, il est habillé avec une couverture rouge à rayures noires et blanches. À ce moment-là, je ne savais pas encore que c'était Moïse. Le Moïse adulte, le vrai. Je ne savais pas que tu me faisais une surprise, que tu m'emmenais au cinéma pour la première fois. Souviens-toi, j'étais le seul enfant du cinéma. Tu m'as pris par la main, tu m'as dit : "Regarde bien, mon chéri, parce que tout ce que tu vas voir est vrai, c'est arrivé." Et là, d'un coup, tout est devenu noir autour de nous. Les rideaux rouges se sont ouverts. Et tu te souviens de ce qui s'est passé ? Ça a commencé, les images se sont mises à défiler, là, devant mes yeux. Je ne sais pas pourquoi à l'intérieur de moi, ça s'ouvrait en deux. C'était la première fois que je voyais tout ça et c'était vrai ! Une grande lumière a traversé le ciel, traversé les nuages, et une voix que je n'avais jamais entendue a parlé. En fait, c'est la lumière qui a parlé, je le sais ! Tu te souviens, maman, tu te souviens ? Laisse-moi finir. Je vais te raconter tout ce que j'ai vu, parce que c'est elle, la chose extraordinaire qui m'est arrivée. »

Dans la cuisine, j'ai expliqué à maman qu'elle croyait m'avoir simplement fait plaisir en m'emmenant au cinéma Lynx, le plus grand des cinémas du monde, celui où ne vont jamais les enfants sauf quand ils sont accompagnés de leurs parents, mais qu'elle ne savait pas qu'elle avait changé ma vie.

Quand on est rentrés à la maison ce soir-là, je me suis mis au lit et je me suis retrouvé seul dans le noir. J'ai tremblé, j'ai sué, j'ai eu très peur. Il y avait quelque chose, là, dans la chambre, sous mon lit, partout autour de moi. C'est là qu'elle s'est passée, la chose extraordinaire. Cette chose incroyable que personne n'a pu voir à part moi. J'ai vu la Colonne de Feu, celle qui monte jusqu'au ciel, celle qui parle avec une grosse voix très lente. La Colonne de Dieu, la vraie, celle qui parle et qui brûle ! Et qui peut même faire peur quand elle le veut. Je l'ai vue devant moi. Elle m'avait suivi. Je sais qu'on ne va pas me croire, je le sais depuis le début, mais c'est elle que j'ai toujours dans la tête et dans le ventre. C'est elle qui m'expliquait toutes les choses que je devais savoir sur ma vie. Comment, à chaque fois que j'avais demandé à Simo, Isma et Zak de me suivre, ils avaient toujours accepté, et comment, à chaque fois, ça avait raté. Et si je l'écoutais, elle me ferait trouver ce que je cherche.

Maman a bu toutes mes paroles. Elle ne s'est pas étouffée avec la fin de son café mais elle s'est pris la tête entre les mains, plusieurs fois. Je parlais si vite que je n'ai même pas pensé qu'elle pouvait l'avoir, sa crise. Meriem, elle, était restée derrière le mur. Quelquefois, elle montrait une main, comme ça, pour dire qu'elle était encore là, qu'elle n'était pas encore allée se coucher.

Pendant ces minutes où tout est sorti de moi, maman s'est tue, elle a compris que j'avais gardé beaucoup de choses dans mon cœur, tout ce qui était resté enfermé à l'intérieur depuis ces deux dernières années, et peut-être depuis plus longtemps. Quand j'ai eu terminé, je peux dire que j'avais du mal à respirer. Maman a eu peur que je n'arrive plus à retrouver mon souffle, mais j'ai fait un geste qui voulait dire que ça allait bien, et un autre, pour qu'elle comprenne que c'était son tour de parler maintenant.

Voilà, je pouvais me taire. Et surtout ne rien oublier de ce que maman a expliqué ensuite. Parce qu'elle a parlé, longtemps, plus longtemps que jamais (mais il faut savoir que comme c'est moi qui raconte, les idées se mélangent un peu). En vrai, elle m'a tout dit, comme ça, en une fois. En premier, elle ne pensait pas que les événements suivraient un tel cours. Elle savait qu'un jour, elle serait obligée de m'ouvrir les yeux et que peut-être ce jour-là serait un jour pénible. « Un jour de peine et de colère », ce sont les mots qu'elle a employés.

Elle m'a dit qu'elle savait tout, depuis le début. Et qu'elle m'avait laissé faire. Elle pensait que l'histoire de Moïse n'était qu'un jeu, et que les histoires, surtout les histoires d'enfants, il fallait les laisser se raconter, parce que nous, les enfants, avons une meilleure imagination que les grands. Le plus souvent, et c'était ça le plus amusant, elles peuvent nous emmener très loin. Mais elle n'imaginait pas que cette histoire-là me conduirait aussi loin de la maison, dans les rues d'une ville dangereuse, que je connaissais mal, dans des lieux inconnus et déroutants. Au final, elle avait choisi de ne pas déranger le cours des choses parce qu'elle savait que l'histoire finirait par se montrer la plus forte. À un moment donné, elle a élevé la voix, comme quand elle voit qu'on ne suit pas, et ses mots ont traversé la pièce pour venir se planter devant moi : « Écoute-moi, mon chéri, je vais essayer de t'expliquer. Mais d'abord, je veux que tu saches que s'il y a une chose qui compte plus que tout, c'est que, quoi qu'il arrive, aujourd'hui et demain, je t'aimerai, toujours. » À partir de là, j'ai entendu les paroles qui brûlent sans brûler.

Maman a commencé par me parler de notre première maison. Le petit appartement où ils vivaient, elle et papa, quand ils se sont connus, et aimés, et mariés aussi, celui où ils m'ont fabriqué ensemble, et où ils m'ont ramené de la maternité, en plein mois d'août. Il faisait tellement chaud que le médecin qui m'avait sorti de son ventre avait jugé inutile de me mettre en couveuse, même si j'étais né à sept mois. J'ai cru qu'une couveuse, c'était une poule, tout le monde sait qu'elles couvent les œufs. En vrai, ce que maman voulait me dire d'important, c'est qu'une nuit, elle avait rêvé que j'étais couché dans un désert de glace. Elle s'était réveillée en sursaut, elle avait couru dans ma chambre et m'avait trouvé en train de mourir de froid. Elle a dit qu'il s'agissait d'une crise d'hypothermie, un mot qui veut dire que votre sang est en train de geler et que votre corps doit chauffer, chauffer, pour « compenser ». Sinon, on vous retrouve comme le poisson mort que j'avais enterré un jour dans le jardin. Je l'avais mis dans une boîte d'allumettes, avec une fleur pour lui tenir compagnie. Je croyais qu'il dormait. Mais c'était ça, la mort, ne plus bouger du tout. L'important, c'est que j'avais failli mourir de froid l'été de ma naissance. Pour moi aussi, tout avait commencé à l'envers. Un jour, mon père a changé, il s'est mis à vivre une autre vie. Les hommes font ça quelquefois. Et même souvent. En tous cas, elle, c'est ce que son expérience avait prouvé. Maintenant, maman répétait qu'au bout d'un certain temps, une vie, comme ça, elle était merdique ! J'ai vu que ses mains recommençaient à la démanger. Sa voix changeait et j'ai cru que ce serait comme toutes les autres fois. J'ai attendu. Mais la chose qu'elle avait à me dire était tellement importante et même difficile, qu'elle ne s'est rien arraché du tout. Elle est restée très calme. Un peu trop, même. D'ailleurs, quand Meriem a vraiment voulu entrer dans la pièce, elle lui a juste fait un sourire et elle a dit : « Il faut que je parle à ton frère. » Et la porte s'est refermée, tout doucement.

Elle s'est certainement dit qu'il fallait préparer le dîner, et comme on en n'était pas encore au début de la fin du mois, ce soir-là, je pense qu'elle a voulu aller à l'essentiel. Au passage de la vérité. Ça voulait peut-être dire que j'allais beaucoup souffrir et je n'en avais pas du tout envie. Maman, elle est tellement intelligente et elle m'aime tellement qu'elle m'a expliqué sa théorie à propos de toutes les choses que j'avais traversées pour ne pas souffrir. La vérité, c'est qu'une voix venue de très loin m'avait commandé d'oublier cet homme qui était parti. Et comme j'étais un petit garçon avec beaucoup d'imagination, ça n'avait pas été très difficile. En fait, c'était ça, le passage. J'avais le choix d'accepter toute la vérité ou alors de la refuser d'un bloc. Je pouvais me mettre en colère ou bien je pouvais retomber dans le tout-noir de ma tête, comme ça m'était arrivé ce samedi après-midi où papa et maman m'avaient installé dans le salon pour m'expliquer leur divorce (un mot qui était comme le nom d'une maladie ou d'un médicament). Bref, j'avais choisi d'oublier mon père. J'avais même voulu oublier ce jour où il m'avait emmené chez lui, et comment j'avais détesté sa nouvelle vie, continuait maman, parce que oui, je savais où il vivait. À la fin, elle a ajouté : « Tu sais, les histoires que les enfants inventent pour oublier qu'on les a abandonnés doivent finir un jour, elles aussi. »

Alors j'ai pris mon courage à deux mains pour aller malgré tout gravir ma montagne. Maintenant, je savais tout ce que j'allais pouvoir dire à mon père. Depuis le jour où il était parti sans rien dire et m'avait laissé seul. Lui dire pour les monstres qui m'avaient attaqué. Les insectes. Les mandibules. Les yeux rouges dans le noir de ma chambre toutes les nuits. Je lui parlerais de la cravate que je n'avais pas le jour de la photo de classe parce qu'il y n'avait pas d'homme à la maison pour m'en prêter une. Des soirs où personne n'était venu me chercher à l'école. Quand je ne pouvais pas inviter de copains à dormir à la maison parce que leurs pères à eux refusaient. Lui dire tous les mots qui remontaient en même temps que le vieil ascenseur, qui faisait un bruit inquiétant, à cause du bois ou d'autre chose. Est-ce que c'était juste que je me casse la jambe tout seul ? Sans père pour m'emmener à la clinique ? Est-ce que c'était bien d'être obligé de vendre mes timbres que j'adorais (même ceux des rois de Pologne) pour que maman arrête de soupirer et de fumer de bon matin à cause du carnet de crédit ?

D'un coup, j'ai eu peur. L'ascenseur s'est arrêté. J'étais arrivé au neuvième étage. Alors elle était là, la dernière vérité. La seule. J'ai sonné. Et j'ai attendu un peu. Mais pas trop non plus. Juste le temps qu'une voix de vieille dame fatiguée, ou peut-être énervée à cause de son travail, vienne me demander qui j'étais et ce que je voulais. Une femme qui me fixait avec des yeux qui n'étaient pas de la même couleur. Elle a vu que je ne voulais pas sourire. Ni même dire un vrai bonjour, mais plutôt entrer. Elle a été obligée d'ouvrir. Dans mon dos, j'ai senti qu'elle soupirait comme les personnes tristes qui ont manqué leur bus, qui ont mal quelque part, ou qui n'ont jamais de chance dans la vie. Un peu comme maman, quelquefois.

Je me suis retrouvé devant un long couloir, avec des murs beiges qui avaient l'air très vieux. Je suis entré dans la salle de bains. Une salle de bains avec des lavabos d'une autre époque. Au plafond, j'ai vu de grosses taches grises comme chez Les

Yeux et une seule serviette accrochée à la porte. Une serviette bleu ciel. Je l'ai touchée pour voir si elle était aussi douce que les nôtres. Mais non. Elle était toute râpeuse et elle ne sentait pas le propre, mais les pieds. La baignoire était ronde et cassée sur les bords. Par la fenêtre, j'ai vu une minuscule terrasse où la vieille dame accrochait des slips blancs. De grands slips pour hommes. J'ai fait sortir d'un tube de la mousse à raser et comme ça faisait un bruit de pneu qu'on dégonfle, j'ai eu peur qu'on m'attrape et je suis sorti.

J'avais envie de tout voir, de fouiller partout. Mais je n'ai pas osé. Ce n'était pas chez moi. Je me suis retrouvé devant la porte d'une chambre. Et j'ai su qu'il était là. À cause de l'odeur. L'odeur bizarre d'un homme qui dormait encore à une heure pareille. À la maison, à cette heure-là, on aurait déjà déjeuné, on serait sur le point de repartir à l'école. Au pire, on serait encore en train de se brosser les dents et Meriem traînerait à retirer un bout de persil coincé entre ses dents de devant. Ici, ça sentait la vie de quelqu'un qui ne préparait pas de repas à midi, quelqu'un qui ne s'occupait pas d'enfants petits. On ne respirait pas l'odeur du café, ni du lait chaud, ni de l'eau de Cologne à la lavande, ni de la confiture d'abricot ou même d'orange. Dans la chambre, quand je suis entré, c'était comme si cette personne dormait là depuis longtemps, depuis des jours et des nuits. Peut-être même qu'elle n'avait jamais bougé.

Il reposait sous une couverture beige. Une épaisse couverture que j'ai trouvée moche parce qu'elle n'allait pas avec le lit, d'ailleurs le pied de droite de celui-ci était fendu au milieu. J'ai tout bien regardé. Je ne voulais rien rater.

À la maison, les meubles, ils n'étaient pas chers, mais il y avait toujours des fleurs, ou un pouf en cuir orange, ou une petite lampe « mandarine », comme disait maman. Les choses étaient faites pour aller les unes avec les autres. Les assiettes et les serviettes de table. Les couteaux et les fourchettes. J'ai bien compris que dans la chambre sombre où j'étais entré, vivait un homme, un homme dans une maison laide et triste. Sans fleurs, sans chocolat, et sans enfants. Cet homme immobile, s'il ne s'occupait même pas de sa maison, je me suis demandé de quoi il pouvait bien s'occuper.

Je me suis approché du dormeur, bouche ouverte, cheveux courts et bruns, un bras sur le front et l'autre caché sous la couverture moche. J'ai eu peur. Parce qu'il a commencé à mâcher du vide et à se gratter en dessous du cou, sous la pomme d'Adam. Je me suis approché encore un peu pour voir ses pieds et ses ongles mal coupés. Mais même avec tout ça, il devait être un peu beau quand il était réveillé. Sinon maman ne l'aurait pas aimé, cet homme qui dormait, qui ne travaillait pas à cette heure-là de la journée. Peut-être qu'il travaillait de nuit ? Il y avait aussi une table sans rien dessus, même pas une petite lampe pour lire. Juste un billet et quelques pièces de un dirham. Je me suis dit que si maman avait été d'accord pour divorcer, c'était peut-être qu'elle, elle aimait lire avant de dormir et qu'elle aimait surtout s'occuper de nous. Elle avait divorcé d'avec cet homme qui ne sentait même pas que j'étais là, que je le regardais dormir la bouche ouverte. Et j'ai bien compris.

C'était vrai ce qu'elle m'avait raconté. J'avais oublié que j'étais déjà venu une fois mais qu'ensuite, mon père, qui était occupé à autre chose, n'était plus jamais venu me chercher le vendredi soir, ou bien le samedi, encore moins le dimanche, pour m'emmener manger un gâteau, ou boire un jus de fruit, m'apprendre des choses. Non, il avait préféré rester dans son lit. Se rendormir. Je me suis souvenu d'une chose qui m'avait fait hurler de rage, je me suis rappelé qu'une fois, il avait promis qu'il passerait me chercher pour qu'on parte en week-end, et qu'il n'était jamais venu. J'étais habillé à huit heures du matin, heureux, et impatient, et je voulais qu'il me trouve beau, avec mon pantalon gris, ma chemise blanche et mes cheveux coiffés en arrière. À dix heures du soir, maman avait dû appeler le docteur pour qu'il me fasse une piqûre et que je m'endorme, parce que j'avais trop hurlé de tristesse et de rage.

Cette fois, c'était décidé, je ne reviendrais plus. J'avais fait tout ça simplement pour me souvenir que j'avais oublié l'homme qui dormait dans son lit cassé et sa chambre puante, quelqu'un qui passait sa journée à dormir pour ne pas habiter avec moi. Je suis sorti de la pièce. La vieille dame qui étendait les slips m'a demandé qui j'étais. Avec un gentil sourire, j'ai répondu que je m'étais trompé d'appartement. Elle a soupiré. Et soupiré une autre fois encore quand je suis rentré dans l'ascenseur.

C'est là qu'une chose incroyable, une dernière chose extraordinaire est arrivée. Tout à l'intérieur de moi, quand mon ventre et ma tête se sont mis à chauffer et que j'ai compris qu'en moi, ça brûlerait toujours, Il m'a parlé. L'Éternel m'a dit : « Descends, Moïse, car ton peuple t'attend au pied de ma montagne. » Ça c'est la vérité, je le jure !

Lentement, je suis redescendu en serrant dans mes bras les Tables de la Loi que Dieu avait gravées pour libérer son peuple de la servitude. Et pendant que l'ascenseur en bois descendait, j'ai revu le visage des Yeux, ses cheveux orange et son foulard fleuri sur la tête, et comment on était allés chez elle, la première fois, Béretto et moi, comment elle avait cassé un œuf dans le jaune duquel elle avait vu ma vie, elle était là, oui, elle me regardait en souriant, et elle était fière de moi, et je me suis dit que c'était comme si j'étais retourné la voir pour lui dire que j'avais enfin trouvé ce que j'avais tant cherché. Parce que j'étais tout de même encore un peu triste, et déçu, le grand rire de Guébara est venu à mon secours en pensée, et il m'a donné envie de rire aussi. J'ai pensé à Yasmine, ma Séphora, et mes oreilles se sont mises à chauffer de nouveau. Quand je serai rentré à la maison, mon vrai chez moi, et qu'elle viendra me voir avec sa mère, qui est la meilleure amie divorcée de maman, je lui raconterai tout ce qui m'est arrivé depuis le jour où on a décidé de marcher jusqu'à la Montagne de Dieu.

Chez nous, je retrouverai maman. Avec Meriem, on se mettra tous les trois devant la télévision. On sera bien tranquilles et même joyeux, ce ne sera pas encore le début de la fin du mois. Les camions rouges seront pleins à craquer et tous les hommes reviendront bientôt du désert. Et tous seront heureux de rentrer chez eux. Je ne sais pas si je lui dirai la vérité, à maman. Si je lui raconterai que j'ai vu mon père dormir dans sa maison très laide, et je ne sais pas non plus si j'aurai le courage de lui dire que la vraie Montagne de Dieu, c'est elle, parce qu'elle, elle n'a jamais changé de place.

L'ascenseur est arrivé en bas. Avant de sortir, j'ai appuyé sur chaque bouton doré pour que la cage reparte vide, sans personne dedans, et qu'elle s'arrête à tous les étages. Le vieux concierge maigre, avec sa veste rouge et sa casquette noire, était resté assis sur sa chaise. Il a souri et m'a fait au revoir de sa main de vieux monsieur. J'ai poussé la porte la plus lourde de toute ma vie, la porte du plus haut des immeubles les plus blancs de la ville, si haut qu'on pouvait dire qu'il tournait sur lui-même au-dessus du port. J'ai levé la tête vers le ciel très bleu, puis j'ai regardé droit devant moi. J'ai marché vite pour arriver le plus vite possible à la maison. J'ai couru en pensant une dernière fois au Yeux, à Guébara, à Rehma et à tous les Sans-Père. Autour de moi, les gens dans leurs voitures, sur leurs motos, aux terrasses des cafés, sur leurs balcons, même les policiers, ne savaient pas pourquoi je pleurais et encore moins pourquoi je riais si fort.

Et on me croira ou pas, mais alors que mes pieds foulaient le bitume, que la fumée et le bruit de la rue semblaient disparaître, je les ai vus.

Devant moi, Simo qui disait qu'il voulait bien reprendre le rôle de Josué. Isma qu'il était toujours Aaron. Zak qu'il continuerait de faire le reste des Hébreux. Et Béretto, oui, le grand Béretto, qui acceptait de partager son rôle avec Simo et voulait bien rester avec nous. C'est lui qui avait dû leur dire de venir m'attendre, pour que tous voient et comprennent que j'avais trouvé ce que je cherchais depuis si longtemps. J'étais encore un peu secoué, mais c'était mes meilleurs amis d'enfance depuis toujours, alors je n'ai rien montré. Je les ai regardés droit dans les yeux, j'ai souri, j'ai pris une grande, très grande respiration, j'ai levé les bras et j'ai dit pour de vrai :

« Allez proclamer que la Liberté règne sur le monde et qu'aujourd'hui, elle appartient à tous les hommes ! »

Du même auteur

Le Jour venu, Seuil, 2006
Parole ouverte, La Croisée des chemins, 2013
Divan marocain, Le Fennec, 2014
La Faute et le Festin, La Croisée des chemins, 2016
Éclats d'enfances, Le Fennec, 2019

Les Avrils, une collection imaginée par
Sandrine Thévenet et Lola Nicolle.

Enthousiasmes littéraires

Conception graphique : Atelier 25.
Composition : Nord Compo.
Correction : Agnès Aubry.

Déjà parus aux Avrils

Raphaël Alix, *Le Premier Homme du monde*
Isabelle Boissard, *La fille que ma mère imaginait*
Lucile Bordes, *Que faire de la beauté ?*
Jeanne Broucq, *Zéro virgule neuf pour cent*
Didier Castino, *Quand la ville tombe*
Martine Delvaux, *Le monde est à toi*
Martine Delvaux, *Pompières et pyromanes*
Guillaume Collet, *Les Yeux de travers*
Martin Dumont, *Tant qu'il reste des îles*
Bertrand Guillot, *L'Abolition des privilèges*
Dimitri Kantcheloff, *Supernova*
Bill Kouélany, *Kipiala ou la rage d'être soi*
Alexandra Matine, *Les Grandes Occasions*
Dan Nisand, *Les Garçons de la cité-jardin*
Suzanne Privat, *La Famille, itinéraires d'un secret*

Achevé d'imprimer par l'imprimerie Corlet, à Condé-en-Normandie
ISBN : 978-2-38311-005-7
N° d'impression : 21120660
Dépôt légal : mai 2022